내간체(內簡體)를 얻다
송재학 시집

문학동네시인선 003 송재학

내간체(內簡體)를 얻다

시인의 말

내 시의 안팎이
풍경만이 아니고
상처의 안팎이기도 했으면 좋겠습니다.
그리하여
내 시가 때로 상처의 무늬와 겹쳐진
오래된 얼룩이었으면 합니다.

새 식구 현진이(남, 31세)와 뿡이의 웃음이
시리도록 눈부시다는 것도 덧붙입니다.

2010년 빗소리 속에서
송재학

차례

내간체(內簡體)를 얻다

모래장(葬)

사막의 모래 파도는 연필 스케치 풍이다 모래 파도는 자주 정지하여 제 흐느낌의 상(像)을 바라본다 모래 파도는 빗살무늬 종종걸음으로 죽은 낙타를 매장한다 모래장(葬)을 견디지 못하여 모래가 토해낸 주검은 모래 파도와 함께 떠다닌다 모래 파도는 음악은 아니지만 한 옥타브의 음역 전체를 빌려 사막의 목관을 채운다 바람은 귀가 없고 바람 소리 또한 귀 없이 들어야 한다 어떤 바람은 더 많은 바람이 필요하다 모래가 건조시키는 포르말린 뼈들은 작은 노(櫓)처럼 길고 넓적하다 그 뼈들은 모래 속에서도 반음 높이 노를 저어갔다 뼈들이 닿으려는 곳은 모래나 사람이 무릎으로 닿으려는 곳이다 고요조차 움직이지 못하면 뼈와 노는 증발한다 물기 없는 뼈들은 기화되면 이미 내 것이 아니다 너무 가벼워 사라지는 뼈들은,

지붕

버려둔 시골집의 안채가 결국 무너졌다 개망초가 기어이 웃자랐다 하지만 시멘트 기와는 한 장도 부서지지 않고 고스란히 폴삭 주저앉았다 고스란히라는 말을 펼치니 조용하고 커다랗다 새가 날개를 접은 품새이다 알을 품고 있다 서까래며 구들이며 삭신이 다치지 않게 새는 날개를 천천히 닫았겠다 상하진 않았겠다 먼지조차 조금 들썽거렸다 일몰이 깨금발로 지나갔다 새집에 올라갈 아이처럼 다시 수줍어하는 기왓장들이다 저를 떠받쳤던 것들을 품고 있는 그 지붕 아래 곧 깨어날 새끼들의 수다 때문이 아니라도 눈이 시리다 금방 날개깃 터는 소리가 들리고 새집은 두런거리겠다

늪의 내간체(內簡體)를 얻다*

너가 인편으로 붓틴 보자(褓子)에는 늪의 새녘만 챙긴 것이 아니다 새털 ᄆᆡ듭을 플자 믈 우에 누웠던 항라(亢羅) 하늘도 한 움큼, 되새 떼들이 방금 뷟고 간 발자곡도 구석에 꼭 두서니로 염색되어 잇다 수면의 믈거울을 걷어낸 보자 솝은 흰 난달이 아니라도 문자향이더라 ᄇᆞ람을 떠내자 수생의 초록이 눈엽처럼 하늘거렸네 보자와 ᄆᆡ듭은 초록동색이라지만 초록은 순순히 결을 허락해 머구리밥 ᄉᆞ이 너 과두체 내간(內簡)을 챙겼지 도근도근 ᄆᆡ듭도 안감도 대되 운문보(雲紋褓)라 몇 점 구름에 마ᄋᆞᆷ 적었구나 ᄒᆞᆫ 소솜에 유금(游禽)이 적신 믈방올들 내 손ᄯᅳᆼ에 미끄러지길래 부르르 소름 돋았다 그 만ᄒᆞᆫ 고요의 눈씨를 보니 너 담담한 줄 짐작하겠다 빈 보자는 다시 보ᄂᆡᆫ다 아아 겨을 늪을 보자로 싸서 인편으로 받기엔 어름이 너무 차겠지 향념(向念)

* 1. 언니가 여동생에게 보내는 내간체의 느낌을 위해 본문에 남광우의 『교학고어사전』(교학사, 1997년)를 참고로, 고어 및 순우리말과 한자말 등을 취사했다.
* 2. 현대어 본문은 다음과 같다.

너가 인편으로 부친 보자기에는 늪의 동쪽만 챙긴 것이 아니다 새털 매듭을 풀자 물 위에 누웠던 亢羅 하늘도 한 움큼, 되새 떼들이 방금 밟고 간 발자국도 구석에 꼭두서니로 염색되어 있다 수면의 물거울을 걷어낸 보자기 속은 흰 낮달이 아니라도 문자향이더라 바람을 떠내자 수생의 초록이 새순처럼 하늘거렸네 보자기와 매듭은 초록동색이라지만 초록은 순순히 결을 허락해 개구리밥 사이 너 과두체 내간을 챙겼지 도근도근 매듭도 안감도 모두 雲紋褓라 몇 점 구름에 마음 적었구나 삽시간에 游禽이 적신 물방울들 내 손등에 미끄러지길래 부르르 소름 돋았다 그 많은 고요의 눈맵시를 보니 너 담담한 줄 짐작하겠다 빈 보자기는 다시 보낸다 아아 겨울 늪을 보자기로 싸서 인편으로 받기엔 얼음이 너무 차겠지 向念

절벽

절벽은 제 아랫도리를 본 적 없다
직벽이다
진달래 피어 몸이 가렵기는 했지만
한 번도 누군가를 안아본 적 없다
움켜쥘 수 없다
손 문드러진 천형(天刑) 직벽이기 때문이다
솔기 흔적만 본다면
한때 절벽도 반듯한 이목구비가 있었겠다
옆구리 흉터에 똬리 튼 직립 폭포는
직벽을 프린트해서 빙폭을 세웠다
구름의 풍경(風磬)을 달았던 휴식은 잠깐,
움직일 수도 없다
건너편 절벽 때문이다
더 가파른 직벽과의 싸움이 끝나지 않았기 때문이다

개울은 그렇게 셈해졌다

바투의 오체투지가 얼음장 개울을 만났다
그는 개울의 폭을 묵산한 뒤
여덟 번 오체투지 하고
맨발로 개울을 건넜다
발목까지 젖었지만
바투는 물을 밟고 걸어간 것처럼 보였다
수면의 발자국을 남기려고 결빙이 시작되었다
개울은 그렇게 셈해졌다

소리족(族)

내 귓속의 소리족(族)들은 오래 살림하며 번식해왔다 그들은 내 입이고 나는 그들의 비명이다 육신의 빈틈이 또다른 생의 거푸집이라는 예감은 있다 그 생이 또다시 무언가의 거푸집인 것도 분명하다

줄의 한쪽은 내 귀에 닿아 있고 다른 한쪽은 소리를 힘껏 물고 있다 내 몸통 안에 한 줄의 현악기가 있다는 느낌은 무얼까 갈대와 바람이 서로 눕히는 소리, 오늘 깨끗이 씻어야 하는 머윗잎 위의 하루를 적시는 빗소리, 너무 먼 곳까지 온 일몰에 잠기는 생각은 현악이지만 거푸집이 낡았다고 불평하는 건 어린 소리족들이다 꽃잎의 낙하를 읽어,라고 내 귀와 꽃의 귀에 동시에 속삭이는 늙은 소리들 덕분에 생의 느린 장면, 생의 정지 화면과 함께할 수 있다 씻어내려고 게워내려고 하지만 소리는 이미 내 귀를 나팔꽃 닮은 공명통으로 바꾸는 중이다

목성과의 대화

보이저 호가 목성의 궤도에서 돌고래 울음을 감청했다 초승달 옆 목성에서 내 귀까지 건너오는 소리 중 어떤 것은 허공에 말끔하게 탈회되어 살점 없이 여위었고 어떤 것은 금도(襟度)의 묵언에 가깝다 초승달에 부려진 소리들도 있으리라 혹 내가 다시 허공에 씻기워져서 문득 목성을 스친다면 모든 물고기의 아가미 여닫는 소리를 들을 수 있겠다 그때 내 목소리를 느리게 하여 분홍돌고래의 목청과 비슷해진다면 분홍 목성과 대화가 되리라 목성의 오랜 안부는 그때 묻겠다

소리책(冊)

오늘 만어사*에 와서 소리의 서책(書冊)을 보았습니다 홑지느러미 가름끈이 아름다운 소리책입니다 책등의 아가미로 숨 쉬는 책입니다 물고기 등뼈가 분류한 소리집(集)의 한국십진분류는 700 언어편이지만 다시 미세 뼈가 분류한 숫자는 799, '비와 물고기의 소리편'입니다 비 새는 곳이 만어사와 내 몸뿐 아니라 저 가을길도 그러해서 산길 골라 왔습니다 지금 읽지 않는다면 비늘 떨구며 시나브로 사라질 소리입니다 지금 소리의 앞뒤를 따라가면 내 몸에 송홧가루 필사본 책 한 권 채워집니다 누군가 이곳에서 그가 가진 짓소리를 다 게워놓았습니다 청맹과니조차 무구정광대다라니경을 다 읽고 갔습니다 여늬 소리는 노골적으로 바위 품에 미기체(尾鰭體)로 파고드는 중입니다 거무틱틱하고 시꺼멓고 울긋불긋하고 풍화중인 바위는 소리가 마뜩잖은지 쪽수를 힘겹게 넘깁니다 신음하거나 헐떡이고 한숨 쉬며 비명 지르다가 훌쩍이면서 울부짖다가 다시 흐느끼고 마침내 울거나 속삭이며 아우성치고 투덜대는 소리가 결국 넓고 좁고 검고 누렇고 작고 둥글고 넓적하게 바위로 굳어져서 내 불평불만을 깔고 일몰 속에 앉을 수 있게 되었습니다 그렇게 능화판 호접장 소리책 한 권이 만들어졌습니다 나 역시 오늘 가진 소리 죄다 꺼집어내어 만어사 책방에 보시하였습니다

* 『삼국유사』, 「어산불영」 편에, 만어사는 고려 때 창건했는데 승려 보림이 명종에 고하길 만어산 만어사는 북천축 가락국의 불영(佛影)과 비교할 만하다고 했다. 만어산 연못에 용이 살고 때때로 강가로부터 구름이 일어나 산꼭대기까지 올라가는데 그 구름 가운데 소리가 나며, 서북쪽 반석에는 항상 물이 고여 있어 부처가 가사를 씻던 곳이다. 일연이 직접 보니 산중의 돌에서 2/3가 다 금옥의 소리를 내었다.

죽은 사람도 늙어간다

울 어머니 매년 사진관에 다녀오신다
그곳에서 아버지 늙어가시니
어머니 미간의 지층을 뜯어내면
지척지간 아버지 주름이다
굵은 연필이라면 머리카락 몇 올 아버지 살쩍에 옮겨
늙은 목탄 풍으로 바꾸는 게 어렵지 않다지
그때마다 깃 넓은 신사복은 찡그리면서
아버지, 어머니 그림자처럼 늙으신다
하, 두 분은 인중 닮은 이복남매 같기도 하고
오누이 같기도 하고

어머니의 고민은 할미의 얼굴로
어떻게 젊은 남편을 만나느냐는 것이지만
하, 이별의 눈과 입도 한 사십 년쯤 되면
다정다감하거나
닮아버리고
걱정하면서도
설렌다,
라고 되묻는 식솔들이 생기나보다
집이 생긴 별의 식솔들도 따라오나보다

미안하구나

1

외할머니는 밥공기에서 반쯤 밥을 자꾸 들어낸다 외숙모는 더 큰 그릇에 밥을 담아 외할머니가 밥을 들어내도 일정량이 되도록 조절해왔다 아무도 없을 땐 밥 한 공기를 다 비우신다 같이 식사할 때만 자꾸 밥을 비워낸다 반 공기의 밥도 억지로 먹는다고 중얼거리신다

2

아흔 살 외할머니의 외출 가방은 아직도 악어, 악피(鰐皮)가 유행하던 시절의 유산이지만, 인조 가죽이 분명하다고 내 삐딱한 의혹은 웃고 있다 그렇더라도 악어과 악어목의 악어 가방은 지금 눈꺼풀 닫고 수면 높이에서 응시중이다 육식성 악어도 가끔 지퍼 열고 허기를 채운다 무얼 삼키는지 궁금하지만 명절이면 악어새 닮은 꾸개꾸개 천 원짜리 지폐가 내 아이들 손에 슬며시 날아와 앉는 날도 있으니 그게 죽은 악어 껍질이 아니라 영혼만 슬그머니 꽁무니 뺀 늙은 악어가 쥐 죽은 듯 가방 흉내를 내는 것이다

3

외할머니는 묘법연화경을 태워버렸다 아무리 경을 읽어도 당신은 아직 이승이라고 쫑긋하셨다 파킨슨병으로 하루에도 몇 번 정신이 오락가락하지만 맑은 마음으로 읽어가던 묘법연화경, 과두 문자처럼 비뚤비뚤한 자필 한글본 불

— 경이었다

눈물

눈물이 말라버렸다 너무 오래 눈물을 사용했다 물푸레나무 저수지의 바닥이 간당간당, 물푸레나뭇잎도 건조하다 일생의 눈물양이 일정하다면 이제부터 울음은 눈물 없는 외톨이가 아니겠는가 외할머니 상가에서도 내 울음은 소리만 있었다 어린 날 울긋불긋 금호장터에서 외할머니 손을 놓치고 엄청 울었다 그 울음이 오십 년쯤 장기저축되어 지금 외할머니 주검에 미리 헌정된 것을 이제야 알겠다 그 잔나비 울음이야 얼마나 맑으랴 내 어린 날의 절명 눈물이었으니

갈대

일곱 살 때 아버지와 함께 걸었던 금호길, 갈대 서걱거리는 금호(琴湖)라는 의성어를 날것으로 들었던 그때 새 신발이 아니라도 십 리 길은 멀고 높았다 외가에서 큰집까지 지금도 그 길의 되돌이음표를 새기면 몸의 뒤축은 아프다, 아프다 못해 잘린 팔의 허공이 가렵듯 아버지에게 매달렸던 수많은 내 오른손은 이제 잡아야 할 아버지 없어 연신 가렵고 아프다 아버지 아버지라고 불러보는, 기계충처럼 솎인 갈대가 외치는 짐승의 음성이 여리고 목쉰 것도 그 때문이다

스콜

어머니들의 젖을 도려내 아기에게 젖을 먹일 수 없게 하는 해안선이다 등이 따가운 길이다 군데군데 습지가 목을 조아 좁장해진 길목이 있다면 바오밥 늙은 나무가 가로수처럼 무뚝뚝하다 배흘림 뚱뚱한 몸피가 떠받치는 잎 없는 앙상한 나뭇가지들, 우울한 하늘을 달래는 중이어서 늙은 쥐나무의 눈물이 뚝 떨어진다면 그건 식용하는 열매이다 쥐들의 극성은 견딜 만한지 낡은 하늘은 가끔 쥐색 외투를 갈아입었다 링거병 같은 바오밥 나무를 배경으로 찌지직거리는 흑백 화면의 발묵(潑墨)이 있다면 스콜의 시작이다

비의 악기

레인스틱* 속의 비는 왜 고요하지? 비의 중력장에선 물질은 모두 형광이다 비는 익숙하고 놀라운 감정이다 천천히 레인스틱을 기울이면 맨발의 우각(雨脚)이 걸어간다 젖은 풀의 정강이가 빗줄기 닮은 것도 보인다 레인스틱으로 스콜을 즐기는 방법도 있다고 하지만 손바닥만큼 고이는 비의 고요가 좋다 모래와 자갈, 자갈과 조개껍질 부딪치는 소리이면서도 까칠까칠하면서 젖어가는 느린 파문이 좋다 느린 빗발은 그림자까지 소소하다 타닥타닥 불타는 소리와 토닥토닥 비는 서로 극미립사의 혀를 건네고 있다 레인스틱은 물의 트럼펫이면서 물의 약음기이다 비와 레인스틱은 내 몸 속 98퍼센트 수분을 재빨리 눈치챈다 우기의 레인스틱은 구름이 숨겨논 먹구름과 천둥의 순서도 잊지 않는다 한 번 젖어버린 레인스틱처럼 나도 젖어버린 기억을 흉곽에 채우는 중이다 내가 빗방울로 생각될 때까지

* 비를 가장 그리워했던 선인장 가지 속을 파내어 모래나 자갈 등을 넣어 뒤집어 세우거나 흔들면서 소리를 내는 악기로 칠레 등지에서 기우제에 사용된다.

비가 만드는 사면

사십 도의 경사면마저 불만이었기에
우기는 몇 개월 내내 계속되었다
건기와 교대하는 우기이지만
메콩 강의 쪽배는 밀림의 수로 근처
토헤이의 집 근처에서 우왕좌왕이다
붉은 수면을 통과하지 못하고 숨차하는 햇빛이 있다면
붉은 빗물받이 통도 있다
토헤이의 식구들 때문에 어린 처녀의 한국행을 걱정하는
티타임은 길어진다
급박했던 스콜은 삼십 분 만에 끝났다
경사의 지붕 아래서 차를 마시자니
사람 속의 움푹 파인 웅덩이를 메워주는
흙탕물 메콩 강의 소용돌이가 지워지지 않는다
토헤이의 흰 아오자이가 숨기지 못한 살결에
자주 눈길이 머무는 것은
강물이 씻어낸 도톰한 정강이를 보았기 때문이다
처녀의 순결이 안타까운지
토헤이의 어머니가 다시 묻는다
따이한에도 비가 자주 오느냐고

자두밭 이발소

금성이발(金星理髮) 문 열었구나
자두밭 출입문이 또 바뀌었다
이발(理髮) 다음 글자는 지워졌지만
붉은 '金星理髮'은 비 젖어 선명하다
얼기설기 거꾸로 매단 문짝 그대로
금성이발 문 열었네
봄비에 들키면서 왔다
첫 손님으로
오얏나무 의자에 앉으니
키 작은 아가씨들, 단내가 싱숭생숭하다
푸쉬킨의 시를 읽는 시간에 맞추어
자두애나무좀벌레 있다는
금성이발 문 열었구나
자두 꽃잎 사이 면도날 재우면
내 가잠나룻이야 금방 파릇해지지
자두 아가씨 속눈썹 이윽하니 이 몸의 퇴폐 데우겠다
잔무늬청동거울이라 내 새치마저 숨는구나
자두비누 자두샴푸에
두피까지 시원한 이발이다
요금도 없이 외려 자두 한 움큼 받아오니
밀레의 만종이 반가운
금성이발 문 열었네
멀리 시내 갈 필요없다

집 옆 자드락 공터에 자두이발소 생겼구나
염색 꼭 하세요
아내의 신신당부와 함께
일요일마다 자두잼 바른 빵 먹고
이슬바심 이발하게 되었네
금성이발 문 열었구나

환승

고물이 통통한 배가 꼭 제 덩치만한 배에 접근했다 배꼽 근처에서 낭랑한 입이 열리고 물컹한 다리가 걸쳐지자 통통의 승객들이 덩치로 옮겨탄다 환승이다 하지만 내 시선에 붙잡힌 것은 눈꼬리가 샐쭉한 주선강(舟船綱)의 포유류이다 엉덩이가 더 큰 엉덩이에 들이대는 다정다감, 저들의 짝짓기에서도 쇠 냄새는 없다 입에서 입으로 건너가는 따뜻하고 말랑말랑한 혀 같은 환승이 끝나고 엉덩이를 돌려 헤어질 때까지 이 뚱뚱하고 오래된 짐승들은 멈칫멈칫 젖은 살을 부빈다 물 위의 그림자들 포개지며 일렁거리며 마지막까지 머뭇거린다

소금장(葬)

이런 퇴폐가 없다
저류지 섯등이 물을 퍼내고 햇빛을 채웠다
염전마다 해의 숫자가 점점 불어났다면
해가 가진 저수지도 넘쳐났다
눈썹 자라는 잔물살 아래
아직 입뿐인 날소금이다
염부가 수차를 돌리다가
못 미더워 아예 제 손가락을 잘라 피를 보태는 중이다
썩어 문드러지라는 염(殮)이다
살은 발라지고 뼈는 희게 드러나라,
송홧가루 날아와 늙은 염전을 달래는 중이다
바람의 늑간에는 라디오 채널이 여럿이다
활주로가 생겼기에
뭉게구름은 증발지에 누웠다
바람의 외수레가 다니는 소금길로
땡볕의 지층이 밀물로 다가오듯
결정지 소금꽃에도 밀교 같은
외눈이 은밀하게 새겨졌다

붉은장(葬)

늙은 상인의 찌푸린 미간은 나를 닮았다
그의 붉은색 염료거래량은 확장중이다
석 달 열흘쯤 나를 붉은색으로 물들여주겠다,
는 미농지의 계약서를 보라
혀의 부적도 바꾸겠다고 속삭였다
우리는 붉은 궐련을 나누어 피웠다

우선 내 피를 보았다
확실히 묽은 핏방울은
세상의 통점에서 너무 멀어져왔다

그런데 붉은색이라는 것,
갇힌 방에서 사납게 북을 두들기는 발화(發話)의 슬픔과
가장 어둔 곳을 통과하는 일출과
제 뼈를 파고들며 불 밝히는 백열등의 전율과
마주친다는 것을 우리는 알고 있다

붉은색에 풍덩 뛰어들 때
붉은색만으로도 생은 쏜살같다
는 염료설명서를 그가 내밀었다

붉은색이니 모두 아가미 호흡이다
붉은 땀 흘리는 불수의근도 따라왔다

혹 남은 붉은색은 배롱나무 아래 묻으면 되리라
오늘 염료상인의 장기계약서에 도장을 찍었다

나무장(葬)

머리 없이 등짝만으로도 사람이라네
흰 수피의 나무들 사이
내가 가진 검은색 버리고
신발도 가지런히 나무 가랑이 아래 벗어놓고
나무 속 발광체라는 생각으로
나무 속에 들어가보았으면
혼자 썩을 수 없는 물질이었으니
물의 모세관을 따라가보았으면
우듬지에서
중력 따위는 잊고 젖어버린 벌거숭이로
덧없이 가벼워보았으면
나뭇잎 흔들릴 때 뿌리처럼 뭉클하는 따라지목숨이라는 느낌
시작도 끝도 없이
잎보다 더 많은 빗방울이 천천히 내 목울대 너머 가득 채우는 느낌
나무보다 내가 먼저 젖을 때까지
일몰이 겹쳐질 때까지

울란바토르 산동네, 성숙(星宿)지구

묘지와 집*의 경계가 부산해졌다 제일 가까운 천국, 산등성이까지 삼킨 묘지는 다시 활강하면서 식욕을 뽐내는데, 하얀 묘비명이기에 순하디순하다 기스락 집들조차 숨차게 확장되었다가 길에 막혀 똥 누는 자세로 주저앉았다 사람의 파편을 안고 가는 묘지와 맨살투성이 집은 서로 간지럼 태우며 정답다 집과 묘지는 모처럼 폭설에 묻혀 한 이불을 덮었다

아르항가이를 떠나 울란바토르 외곽에 도착했을 때 모든 별들이 지상에서 번식을 하고 있다 글썽이는 별들이 걱정한 집들은 그림자가 길다 힘들고 외로운 종(種)들이라면 별의 엉덩이 곁에 냉큼 눕는다 희디흰 묘비명에도 별의 근심이 키릴 문자로 새겨져 있다 별은 천하를 구할 수 없구나

* 울란바토르의 일반 가옥은 대체로 목조건물이지만 마당에 유목생활을 잊지 못하는 게르가 있다.

머린호르〔馬頭琴〕와 낙타가 우는 밤

나랑톨 시장에서 노인이 산 마두금의 말머리 장식은 조잡했지만 새끼 잃은 어미 낙타의 울음만은 기억하고 있었다 노인은 두 개의 현을 누르고 활을 켜보았다 무겁고 두꺼운 음과 찰랑거리는 음이 고오하게 섞이거나 기이하게 솟아오른다 노인은 한숨을 쉬었다 곧 마두금의 밤이다 열 살짜리 나라까의 무덤에도 새끼 낙타가 희생되었다 매년 초원에서 나라까의 무덤을 찾는 것은 쉽지 않다 어쩔 수 없이 어미 낙타를 데리고 가야 했다 새끼를 기억하는 어미 낙타와 마두금이 우는 곳, 그곳이 나라까를 위해 새끼 낙타가 죽은 곳이다 나라까의 무덤이다 낙타와 나라까 사이에 마두금이 있다면 죽음도 있다 굵은 현이 나라까의 안녕 하는 표정이라면, 가는 손가락 가는 현에서는 나라까의 깔깔 웃음소리가 선명하다

하트갈에서 무렁 가는 길

친빠 노인은 무렁까지의 탈것을 기다렸다 노인은 정류장처럼 한나절을 버틴다 허연 혓바닥을 드러낸 말라버린 염호(鹽湖)의 가장자리에서 풀들은 소금기 때문에 시들하다 친빠 노인조차 가게의 소금을 사용한다 노인은 시집간 무렁의 딸에게 마유주를 갖다줄 요량이다 무렁은 노인의 게르에서 삼백 리, 예전에는 말을 타고 갔지만 허리를 다친 뒤로는 지나가는 차를 얻어타야만 했다

초록 주둥이를 가진 길과 나비 날개의 떨림 같은 길이 교차한다 길은 초록에서 돋아나고 길은 아지랭이 제 운명을 어쩌지 못해 주둥이를 초록에 묻어버렸다

가진 말의 숫자를 천천히 세고 나면 해는 중천에 뜨고 양의 숫자를 외우면 어스름이 다가온다 마지막 양을 확인하고 친빠 노인은 게르로 되돌아간다 오늘 가지 못하면 내일이 있고 다행스럽게 내일은 늘 오늘이기도 하다

마다가스카르 섬

1

먼지와 비 냄새가 물컹거리는 오후,
'부재중전화3통'의 번호는 모두 다르지만
모든 적도가 텅 비워졌다는 이메일도 왔으니까
이건 열대성 전화이다
오늘 점점 달구어지는 적도의 꿈을 꾸겠구나
마다가스카르 해안의 손가락이 바오밥 나무의 잎과 닮았다면
내 미열을 짚어가는 손바닥도 뜨겁겠지
질긴 고들개처럼 씹어도 씹어도 친화가 없다면
적도의 오후이다
뜨거운 쇠들은 녹슬기 쉽지만
모잠비크 해협까지 닿는 내 손가락은 화상의 흔적이 많다
위도 20도의 언덕길 올라가면
누골에서 증기가 만들어진다
마다가스카르까지 먼저 떠난 내 영혼 일부는
마다가스카르와 나를 연결시켜야 했기에
속삭임을 멈추지 못한다
내 입은 말하지 못하고 두 눈은 서쪽에 고정되었지만
같은 느낌의 마다가스카르이다
내 속에서 자주 소등하는 등(燈) 같은 섬이 있다면
그건 근친의 마다가스카르이다

2

결국 마다가스카르로 가기로 했네 길고 붉은 혀는 내 갈증이지만 아프리카의 울긋불긋 해안이라네 항구도시의 창궐하는 바람이 늑골을 풍화시키더라도 달콤한 적도까지 가지 못할 것도 없겠다 떠나는 사람의 일부는 멀고 먼 마하장가에 간다 우기(雨期)에는 양철 지붕의 녹슨 음악을 듣는다네 여기서는 마다가스카르이지만 그 땅은 다시 재스민 그늘과 폭염으로 나뉜다네 마다가스카르의 흑백 사진은 추억을 자세히 보라고 두꺼운 앨범처럼 꾸며졌네 마하장가에서 일년을 버티다 흰 달의 서쪽을 기웃거릴지라도, 나귀의 오르막인 골목길은 말레이 반도에서 건너오는 사람의 폐활량처럼 여전히 싱싱할 거야 너무 많은 우울과 살림의 이민사(移民史)인 마하장가의 사생활은 가끔 투덜거린다 종소리 들으며 아프리카에 갈 순 없지만 내 몸에서 나는 종소리는 어쩔 수 없어 마다가스카르 카페 근처에서 참하게 울리네

3

잘 있거라 마다가스카르여!
죽은쥐나무 그늘이며
나무뿌리를 갉아먹던 늙은 생쥐여,
너가 즐긴 섭씨 40도여
마다가스카르 청년들이 좋아했던 건
추락한 경비행기의 항적들

돌아보지 마라 마다가스카르,
무역풍과 기타를 팽개치고 떠나련다
실크 해안선을 따라가던 내 길들
무덥고 힘겹게 돌아가는 선풍기는 내가 가져가고
지프와 선글라스는 두고 간다
다시 돌아온다면
정글이 해답이다
울지 마라 마다가스카르여!
언젠가 귀국하는 나를 마중하는 건
마다가스카르의 밤, 그때쯤이면
내 다시 검붉은 색으로 너와 섞이리라

푸르공*

자르갈이 푸르공에서 비얀마를 만났을 때 둘은 금방 모녀처럼 친해졌다 자르갈이 옆자리의 타시까를 소개했고 타시까가 홉스굴 호수를 보고 싶어했을 때 자르갈도 물빛과 만년설에 몸 떨며 타시까를 따라갔다 홉스굴 호수 인근에 게르가 있는 비얀마는 자르갈과 타시까를 위해 며칠 게르를 비워주고 자신은 아르항가이의 자르갈 집으로 되돌아갔다 홉스굴 호수와 아르항가이는 무뚝뚝한 푸르공으로 열 시간 거리이다

* 러시아제 봉고차. 몽골에서 버스 역할을 하고 있다.

징

멧자국이 있어야지
소리의 어미는 금속과 금속이 부딪치는 불꽃 속에서 똬리를 틀었다
구리가 가진 힘, 주석이 가진 울음을 섞으려면
구리나 주석만으로는 안 돼, 가풀막을 거쳐야지
처음에 그건 소리라기보다는 겨우 풀무질 소리에 쫑긋하는
작고 연약한 숨쉬기였어
네핌질로 자꾸 두들기다보면 자신도 모르는 사이 소리는 드디어 입을 열기 시작하는거지
그건 아직 다치기 쉬운 문풍지 입이야
뜨겁게 달구어 다시 냉각시키면 쪼롱쪼롱 물조림을 거치면서
아가리가 오므라들면서
물 쏟아지는 소리를 듣게 되는 거지
아니 물방울 소리를 낼 수 있게 되는 거야
계면조의 입구마저 자금자금 발꿈치 들면서 열린다
밤낮을 되풀이하면서
소리는 담금질에 겨우 눈뜨면서
궁상각치우의 아픔을 받아들이는 거야
그래서 겨우 풋울음 하나가 여린 잎새처럼 만들어지는 거지
이건 아직 소리가 아니지 입보다 귀가 더 밝은 울음이야

소리가 되려면 얼마나 더 많은 소리를 귀에 달아야 할까
초록색 흰색 붉은색은 죄다 소리,
쓴맛 신맛 단맛도 죄다 소리,
그걸 모두 챙겨봐야 둔탁할 뿐,
울음에는 두터움과 얇음이 있고
울음에는 쟁쟁함과 우람함이 있으며
문득 높낮이의 좌우와 상하를 숨길 수 있어야
징헌 날숨과 들숨의 아퀴를 맞추지
멧자국이 은은하도록 더 두들겨 맞으면서 이제
소리는 저 자신을 두들기는 징징 소리로부터 목청 틔우면서
통성음을 득음하는 거지
온몸이 애타면서 바스라지면서
온몸이 울음이 되면서
그제서야 맑은 동심원 속으로 들어간다

누선(淚腺)

내가 우는 게 아닙니다 징이 우는 게 아닙니다 귀 기울이는 당신도 울고 있지 않지만 울음은 모두를 감싸고 돕니다 비에 씻기는 울음입니다 내가 불타는 것입니다 징이 불타면 결국 당신은 불타는 울음소리를 듣고 있는 겁니다 울음 우는 강과 소지(燒紙)하는 들의 경계는 은은합니다 소리는 좁장한 귓바퀴 속이 답답하고 귀는 소리의 안에서도 쫑긋합니다 급기야 저 징은 견디지 못하고 미세한 틈을 만들다가 산산이 부서집니다 목청에서 피가 토하는 순간이기도 합니다 조각조각 부서지기 직전의 반듯한 수면이 바로 징의 울음이 마지막 눕는 곳입니다 더 늦게 깨지기 위해 징은 제가 내야 할 소리보다 더 많은 횟수의 메질을 견디어왔습니다 더 오래 울기 위하여 울음을 망가뜨리고 성대를 훼손했습니다 왜 더 오래 울어야 하는가 우김질, 닥침질, 벼름질하는 봉두난발을 떠올려봅니다 금이 많이 가서 더이상 소리가 나지 않는 오래된 징에는 모두 누선(淚腺)이 있습니다 그 징은 자신이 몇만 번의 소리를 냈는지 모릅니다 다만 죄다 울음이었다고 기억할 뿐입니다

검은 산 그리기

폐광 뒤쪽,
벼랑에서 낙화하는 철부지 진달래꽃이
스무 살의 시선으로도 아찔하구나
검은색 힘줄이 견디는
아픈 무게,
검은색을 지워도 다시 검은빛이기에
상처란 말을 붕대처럼 감았다
붕대를 풀면 다시 검은색일까
검은 소리 들리는 직류폭포 근처
이끼의 묵언 주둥이는
무채색 물방울을 핥았는데도
어느새 초록,
초록과 검은색,
나무와 나무 사이
부레 달린 길이 생겼다
검은색이 끌고 온 일몰이 생겼다

목성의 보호*

강 둔덕을 넘자 경사진 햇빛을 삼킨 초록이 다시 나를 삼킨다. 갑주를 입은 느티나무 품이다 몇 번 강을 지나쳤지만 무심했던 고목. 한낮의 어둔 그늘 아래 차를 세웠다 금방 돋은 새살처럼 잎들이 천천히 손사래를 치는데 내 몸에서도 같은 수의 비늘이 느티나무의 중력을 견디지 못해 맨살을 뚫고 나올 기색이다 어쩌다 햇빛 조각이 얇은 호마이카 무늬처럼 부서져 떨어지길래 위를 쳐다보니, 초록 보자기 사이로 잎들이 어떤 속삭임에 맞장구치며 눈을 감았다 떴다 하는데 눈이 부셔 눈부셔 그 눈동자의 숫자는 짐작할 수 없다

* 목성은 지구보다 318배나 무겁고 부피는 1,500배가 넘는다. 크기와 질량으로 지구를 보호하고 있다. 지구를 덮치는 무수한 혜성과 운석과 소행성을 제 중력으로 흡입하여 지구는 일정 부분 안전한 것이다.

달 가듯이

달이라는 짐승이 제 머리를 뚝 떼어내 앞으로 던졌다
달이 움직인다!
달맞이꽃 그늘은 살이 차오를 때까지 환상통에 시달린다
달이 힘겹게 움직일 때
파도의 손가락들도 달의 통점에 닿으려 한다
달의 안감을 뜯어내려는 저녁 바다는
물로 된 서랍을 죄다 열었다
작은 어선의 백열등을 연결한
별자리 위에서
달을 도우는 기러기 떼는 한 계절 먼저 출발했지만
아직 달 표면에 조류의 무늬는 없다
새의 착륙을 위해 나무들은 쇄골의 수피를 벗겼다
달이 다시 움직인다
기러기 떼와의 거리를 좁혔다

달

가을 초저녁
산등성이 쇄골 근처
머뭇거리는 달

애욕 달빛과 맞닿으려는
여윈 구름이 있기에
아직 가을이다

산을 겨우 떼어낸 야거리의 달,
산과 달은 일대일
적막한 응시이다

중천에 걸린 달
하루라는 생활이 완성되었다
이제 잠들어도 되겠다

단풍잎들

다른 꽃들 모두 지고 난 뒤 피는 꽃이야 너도꽃이야 꽃인 듯 아닌 듯 너도꽃이야 네 혓바닥은 그늘 담을 궤짝도 없고 시렁도 아니야 낮달의 손뼉 소리 무시로 들락거렸지만 이젠 서러운 꽃인 게야 바람에 대어보던 푸른 뺨, 바람 재어 놓던 온몸 멍들고 패이며 꽃인 거야 땅속 뿌리까지 닿는 친화로 꽃이야 우레가 잎 속의 꽃을 더듬었고 꽃을 떠밀었고 잎들의 이야기를 모았다 솟구치는 물관의 힘이 잎이었다면 묵묵부답 붉은색이 꽃이 아니라면 무얼까 일만 개의 나뭇잎이었지만 일만 개의 너도꽃이지만 너가 아닌 색, 너가 아닌 꽃이란 얄궂은 체온이여 홍목당혜 꿰고 훌쩍 도망가는 시월 단풍이야

단풍 기차

내가 마셔야 할 독의 양만큼
단풍 화물을 실은 기차가 오긴 했다
내 눈동자 안쪽 미로의 갱도에서 서행하는 기차는
증기열차,
여정을 단축하는 기차가 있다면
피를 토하는 기관사도 있다
커브에서 덜컹거리는 게 너무 깜깜하여
붉은색과 노란색이 서로 치명적인 줄 알겠다
멀어져가는 선로가 흑백으로 바뀔 때쯤
간이역이 마중 나왔다
잡목림이 말끔하게 하역한
붉은색과 노란색 음역(音域)은
간이역 확성기의 힘을 빌려
번질 대로 번졌다
단풍 화물차에게
붉은색과 노란색 땔감은 더 필요하겠지

수평선

이건 화살이다 촉과 오늬는 너무 멀어 보이지 않지만 습베의 화살대는 입 꾹 다물고 하늘과 바다의, 틈새의, 기억을 찾았다 이건 어딘가 맹렬히 꽂히기 위해 달려가는 중이다 아주 낮게 수면에 밀착하고, 우레와 일체가 되어 생을 알기 위해 날아간다 이건 효시(嚆矢), 보이지 않거나 너무 많은 과녁을 향해 날아가면서 울고 있다 식솔도 버려둔 채 오래전에 시위를 떠났기에 바짝 여위어 흰 선뿐이지만 스스로 혐오가 되어 수평선 화살에 꿰이던 침묵도 있었고 수평선과 늘 평행이었던 은자(隱者)의 발자국도 있다 그리고 그 뒤 다시 시위를 떠난 천 개의 화살이 앞장세운 수평선이 꽁지까지 따라왔다

넓이와 깊이

프린트하는 중
호수는 설산의 만년설 일부가 줄무늬 생겼다면서
설산을 다시 수면에 옮기지만
잔물결 탓일까 자꾸 흔들린다
유채밭 노란색도 내 위염과 연결된다
물빛은 너무 짙어 그 안은 짐작키 어렵지만
그 속에도 주름이나 죄의식의 섬모는 도드라지겠지만
그게 깊이를 숨기려는 넓이의 드넓은 손바닥이기도 하지만
호수에 있던 것들은 부레 떼어내고 더 깊이 가라앉지만
호수의 천장에는 백열등이 천 개쯤 박혀 있지만
죄다 소등이다, 점화를 기다린다
넓이와는 전혀 다른 종족인 깊이!

떨림

잎도 없이 꽃만 핀다 단 한 송이 꽃을 피우는 앉은뱅이 꽃들이 있다 티벳 얌드록 호숫가의 초원은 일망무제, 슬하(膝下) 꽃들로 빽빽하다 먼지인지 햇빛의 미립자인지 그 사이로 주저앉은 것은 호수의 수면 위로 내가 너무 높거나 복잡해서였다 설산도 낮이면 호수 속에 머리 넣고 면벽하는 땅, 꽃들의 높낮이가 고스란히 떨림이고 스카이라인인 곳

흙탕물 웅덩이

비 그친 뒤 생긴 골목의 작은 웅덩이, 흙탕물이지만 햇빛이 출입한 듯 놋그릇처럼 말끔하다 수면을 으깨지 않고 자세히 들여다보면 그 안에 구름을 절반 깨문 고요는 납작하고, 나뭇잎 살랑거리는 손바닥 살림까지 한참인 것을 본 뒤 귀퉁이 웅덩이라도 함부로 밟지 않게 되었다 성숙해(星宿海)라는 호수는 멀지만 낮달의 아가미로 숨 쉬는 웅덩이도 있다 깨금발로 다가온 까치가 갈증을 터는 이 웅덩이에 머문 몸들은 젖지 않는다는 생각이 문득

저건 창이야

모래톱 해안선에 누우면
바다는 비스듬히 기울어진
꾸물꾸물 움직이는 창이다
나는 지금 창의 바깥쪽에서
안으로 실려가는 목록을 헤아리고 있다
햇빛이라는 백열등의 숫자가 가장 많다
그 숫자는 깨끗한 종소리를 내고 있다
사람의 냄새를 씻으려는 백열등이다
죄의식의 불빛이
바다의 중심에서 아침저녁 켜진다고 생각해보라
심해어의 지느러미가 심지를 돋우면
불빛은 햇빛을 주목해온 사람과 다시 종소리로 연결된다

담쟁이 등(燈)

수피와 겹치는 민물고기 등을 보았다
서어나무 안에서 헤엄쳐 나온 담쟁이 단풍이다
서어나무 등〔椎〕이 환해졌다라고 적었다가 등(燈)을 바꾸어 달았다
등을 켜니까 서어나무 주변의 민물고기 떼들,
공기에 물을 채우고 있다
등의 심지를 올리는 손길이 여럿이기에
서어나무에서 자란 팔처럼 나, 고요하련다
숲의 요기(妖氣)를 따지자면 초록불이겠지만 붉은 등불이란다
등뼈를 곱씹으면서 하나둘 켜지는 붉은 등이란다
그렇다면 내가 저 등의 오한에 물들리라
눈동자 찾아가는 물고기가 시린 내 등뼈를 지나가면서 불을 켰다
자잘한 역광의 지느러미 가졌던 송사리 떼 금붕어 떼 담쟁이,
지금상춘등(地錦常春藤)이다

풀잎들은 언제 사랑하게 되는가

밤새워 달렸던 새벽 초원이 몸살기 털어내며 내 곁에 왔다
오른쪽 비워두고 해쓱한 왼쪽 뺨만 자꾸 부볐다
염료통이 쏟아지자 초록 활주로,
복사뼈까지 잠기는 초록물 위에서다
내 몸의 처음과 끝도 풀잎의 체온 빌려 발묵(潑墨)하는 행서체 넓이이다
초록 저울 위에서 구름의 무게가 종일 바뀌었다
지평선 휴게소의 일몰까지 찰랑거리는 피륙은
내 시선이 닮고픈 초록 서슬의 직조이다
풀잎들은 언제 사랑하게 되는가
고요의 거울 속에 초록의 목발이 가득했다면
초록 기울 안은 방금 고요와 입 맞춘
동성애 풀잎들이 가득 누워 있다

초롱꽃

밤의 이별 곁에서
등불처럼 안개를 피우더니

알듯 말듯 부푼 부레 혹은 젖망울 탓이겠지만
초롱꽃 하나가 옆자리 동무에게
초여름 내내 수줍은 듯 소곤거리더니
기어이 사춘기 같은 등의 숫자를 하나둘 늘려가더니
제 머리며 손발까지 초롱박에 집어넣어 불을 켜더니
물소리 자박자박 흘리더니

일식 가게 처마에 걸린 유지 등불이
꽃이라 생각한 날도 있었으니
민물고기 지느러미를 움직이던 날이 있었으니

다육식물

더위 먹어 죄다 풀죽은 한낮, 다육이 한 무리 싱싱하다 비문(碑文)의 그늘 밖 다육이는 빳빳하다 직립이다 햇빛을 날름 삼키는 놈이다 햇빛의 생살은 흔한 가시 하나 없이 맛있다 그을음 부분은 빼고 졸깃한 부분만 먹었다 줄기마다 별물이 잘 들어 발그랗다 높은음자리표의 다육이 귀고리가 있다면, 혀는 별의 온도를 핥아보는 중이다 사금파리 위를 걸어다니는 맨발도 누군가 만지고픈 살갗이다 싱싱하다 햇빛의 광합성을 먹는 다육식물이다

숨죽이기
—생물계절학*

참나무가 제 꽃잎 속 분홍 심지를 돋울 때 산벚나무는 참나무의 산점(産漸)을 위로하지만 자신이 더 위태롭다 조금만 더 조금만 더 헐떡거리는 미열 앞에 참나무의 슬로우 모션은 한없이 늘어난다 참나무 꽃잎 사이 산벚나무의 투명 손가락이 얼비친다 이 앙물고 깨물었던 손가락의 실핏줄도 보인다 거기 내 실핏줄도 함께 동여매고 싶구나 막 화농하는 아랫도리는 진물투성이다 참나무 꽃잎이 화르르 흩어지면서 바통 터치한 등(燈)을 움켜쥐자마자 산벚나무는 참고 참았던 숨결을 토하며 화들짝 만개를 시작한다 부풀 대로 부푼 산벚나무 산도(産道)에 먼저 불이 붙고 꽃잎은 흰색에서 분홍빛으로 번지면서 온 산이 산벚나무의 희고 붉은 울음을 견디지 못할 때 먼저 봄 산욕(産褥)을 거쳤던 참나무가 되돌아서서 예의 빙긋 웃어주는 것은 잊을 수 없다 산벚나무 부인사(婦人史) 전말이다

* phenology

생가(生家)

내 몸속의 사원,
깜깜하지만
오십 년 너머 울금(鬱金)빛 건물이다
단출한 방이다
아물지 못하는 상처가 자꾸 문을 여닫는 중이다
어미가 새끼를 보듬듯 더 큰 상처가 상처를 핥으며
내 생가(生家)는 낡아가고 있다
바람벽 파이는 비망록이 있는
손바닥을 들여다보았다
감당하지 못할 일을 저질렀다는 듯이
손금이라는 오래전의 생채기가 있다
별을 보는 창문도 흉터이다
이참에 그곳에 의자를 준비하려 한다
거기 앉아 나무의 생각을 흉내 낼 참이다
참하게 된다면
집을 허물고
아름다운 상수리 일가를 이사시켜려 한다

쓸쓸한 우물이다

내 몸 안에
노란 무꽃도 없고 높은산노랑나비도 얼씬 않는
우물이 있다
슬픔의 발원지이다
정갈한 수면이면 좋겠지만
우물 밑바닥에서 위염처럼 끓어오르는 부유물 때문에
탁하디탁하다
자주 말라버리니까 그때마다 바닥의 내용물을 게워내야만 했다
방광까지 이어지는 우물 때문에
내 오줌발은 따갑다
그나마 수평을 유지하는 우물 속
산도(酸度) 탓에 물고기는 없지만 헤엄치는 게 있다
자주 이그러지는 달은 아니다
지느러미도 있다
그게 무언지 알 수 없지만
내 안에서 위태로운 생이니까
차라리 우물을 허물어 쉬게 해주고 싶어라
먹이 찾는 수리부엉이는
위벽 같은 절벽에 매달려 있다
광목폭 찢는 수리부엉이의 날갯짓 들리면
알약을 삼켜야 한다
나, 우물 속 물 죄다 퍼내고

바닥 파서 적석목관을 쌓으려 한다
내년 이맘때면 우물과 별은 사라지고
내 위염은 가라앉으려나

적석목관분

녹나무는 아니지만
욕조에 누우면 잠들고 싶어서라도
나는 지금 적석목관분 안에 누운 것이다
운명이 있다면 뜨거운 물은 금방 딱딱해져서
굳기름으로 바뀔 것이고
수증기 사이 희미한 불빛의 온도는 깜빡이다가
차가워지리라
곧 관 뚜껑이 만년설보다 더 두텁게 닫히고
돌이 쌓여진다 해도
아래가 편편한 덧널무덤의 편안함은 외면하기 싫다
깜빡 잠이 들었는지
부식이 진행되었는지 손발 마디마디가 저리다
느낌도 욕망도 없는 식어버린 물이
지하 일백 미터 아래에 욕조를 묻어버린 듯
혼곤하다

슬픔의 식구

슬플 때 나를 위로하는 건 내 몸이 먼저다
미열이 그 식구이다
섭씨 39도의 편두통은 지금 염료를 섞고 있다
내 발열은 치자꽃대궁 같은 것
치자꽃 노란색 열매는 종일 위염을 생각하고 있다
햇빛의 양철 지붕에 세운 내 미열 학교에서
아픈 위도 명치에서 질문한다
붉은색이 얼마나 필요하냐고
쓰라린 위를 향한 몸의 집착은
슬픔의 입성을 꿰차는 것이다
식구 없는 슬픔도 참조하도록!
사구 속식이는 적나라한 열꽃,
자꾸 넘치는 치자꽃물의 강우량에 물드는 쪽으로
미열은 운동한다
어깨도 등도 치자꽃 가득 핀
슬픔의 악보여

혀

입술 안쪽 유일한 짐승인 혀는
눈도 손발도 없이
온몸으로 꼼지락거리는데
그 몸 어딘가 꿈틀꿈틀 천 개의 활주로가 있다는데
그 많은 공지 위로 수생의 버짐꽃이 피고 진다는데
혓바닥 빌려 한 켠에서 쟁기질한다는 이야기는 또 무어냐

혓바닥에 자주 돋는 뾰족한 가시 울타리 잘라내고
단순해지자
내 입속에 혀가 있는 게 아니라
혀 아래 내가 기대어 쉰다는 느낌처럼

이끼 사원

약수터 반경 50미터, 바위와 나무의 고딕 사원에서 결가부좌하는 이끼들, 입과 눈은 지워버리고 묵묵 귀만 남겼다 녹모파(綠帽派)는 오래전부터 존재해왔다 휘발성 초록이다 모든 물방울은 초록에 공양된다 한 모금 습기조차 경건하다 비가 오면 지의류는 빗방울처럼 낮아진다 겨울비가 아껴서 쇄골이 드러나는 물방울이 있다면 일몰을 간직한 단순한 초록은 서로 몸 섞지 않아도 이끼의 앞뒤, 검은 청동끼리 부딪치는 종소리가 초록이고 금언(金言)이라는 사실에 나 짐짓 숙연하다

말씀

적멸보궁 뜨락의 얼레지 군락은 텅 빈 곳을 채우는 비의 말씀을 잘 담았습니다 얼레지와 얼레지 사이가 빼곡했기에 여섯 겹 꽃잎은 적멸의 낙수받이 노릇을 잘 견딥니다

몇 년 후 봄의 적멸보궁 앞 용맹정진하는 작은 꽃 무리를 만났습니다 각(角)과 숨을 깎은 제비꽃은 차마 햇빛을 떠받치지 못하지만 꽃 울타리 안에 고이는 말씀을 담으니 그게 죄다 도로 제비꽃입니다

꽃들의 떨림을 다 합치면 적멸입니다 적멸을 다 합치면 꽃이기도 하나요

부처가 없다는 적멸은 때로 무엇이나 부처로 만드는가봅니다 혹 처음부터 당신이 부처였던가요 누구나 적멸으로부터 시작했다는 말씀의 결가부좌도 거기 있습니다

신(神)들의 높이

야자나무의 높이에 신(神)들의 집이 있다
그 높이에서 몸 씻고 신탁을 듣는다
그 높이보다 더 올라가지 않는다,
고 들었다 그 높이라면 내가 일하는 사무실의 층수이다
아직 나는 신들을 만나지 못했지만
올해도 어김없이 봄의 식구를 맞이했다
삼 층 창문까지 까치발로 닿는 백합나무 잎새들이다
참 사소한 식구들이다
매번 눈 마주칠 때마다
그들은 초록 위에 덧칠한 초록을 밥상에 올린다
태양을 닮은 잎의 문양에는 제법 햇살이 한 움큼 고여 있다
새가 남기는 허공의 발자국처럼 초록 손자국은 내 몸에 녹새(綠璽)를 찍는다
십만 룩스의 햇빛을 먹어치우는 광합성의 식욕도 놀랍지만
창문 근처 나의 초록 의자를 준비한 초대도 있다
아직 신들의 성별(性別)조차 느끼질 못하지만
초록 미열은 매일 나의 피돌기를 도와준다

소나무라는 짐승

이건 짐승의 숨결이네,
나무가 토해내는 모래잎들이 까칠까칠하다
전기톱날이 간당간당한 목이 아니라
옹이 이빨에 박히면서
밀도살꾼 형제의 후회가 시작되었다
단단한 수피 속의 짐승은 음전했지만
톱밥이 순교의 피처럼 허옇게 튀면서
빗줄기 먼저 우왕좌왕이다
겨우 몸통을 넘기니까 쿵! 하는 소리가 아니다
이상하네, 아우가 심상해했다
40년 묵은 짐승의 괴로움이 밭은기침을 멈추지 못한다
겨우 가지를 치고 무덤 주위가 정리되니까
소나무가 제 몽리 면적을 포기했는지 우중인데도 훤해졌다
하지만 어딘가 깜깜해진 것도 알겠다
육신을 빼긴 놈이 여기저기 똥을 눈 듯 송진 냄새가 진하다
사람의 안에만 짐승이 도사린 것은 아니라는 하루!

가구가 될 수 있었던 나무 스펑*

가구가 될 수 있었던 나무 스펑이 타프롬 사원에 심어졌다 나무의 출가이다 창문도 될 수 있었던 나무 스펑은 이제 탑의 식구이다 사원의 가구며 창틀이며 죄다 먼지처럼 사라지고 그렇게 몇십 년쯤 지나자 스펑은 나무의 꿈에서 멀어졌다 아직 광합성을 하는 잎새들이 있지만 나무 스펑의 수피는 사암 벽화에 가깝다 물관부를 통과하는 물은 가까스로 나뭇잎에 도착한다 탑이 없다면 스펑은 그대로 주저앉았을 거다 촛불 보시를 받으면 나무/탑 스펑은 슬슬 잎새를 틔우고 꽃을 피운다 비가 오면 인기척 없으니 낮잠도 청한다 스콜이 있는 오후, 탑도 얄팍한 나무 그늘에 엉덩짝 비비며 비를 피한다 안타까운 건 탑은 풍화되고 나무 스펑은 자라면서 그 둘은 이제 연인이 아니라 모자지간이다

* 1932년 앙코르를 방문한 미술사가(美術史家) 엘리 포르는, 벵골보리수나무가 탑이나 사원의 건축물과 일체가 되어버린 풍경을 보고 "사원에서 튀어나온 벵골보리수는 호수를 짓누르는 돌덩어리의 무게 때문에 더이상 위로 뻗지 못하는 가지들이 옆으로 뻗쳐 있다. 가지를 통해 흐린 호수의 물을 섭취하는 벵골보리수는 이곳을 통치하는 신의 표상이다. 이 신이 바로 기적을 일으키는 것이다"라는 글을 남겼다.

무두웅(無頭雄)

좀사마귀 암놈,
제 몸에 흘레붙은 수컷의 머리를 씹고 있다
머리가 소멸하는 황홀이지만 수컷은 교미를 계속하고 있다
암놈은 수컷의 남은 몸까지 낫다리로 잡고
어적어적 삼키고 있다
고삐가 사라져도
계속 울리는 전화벨처럼 교미는 급박하다
꽃잎 속 작은 기어가 망가지는 불가피한 마찰음 내며
성기는 음역(陰域)에 매달린다
외양이야 풀잎이지만
움직이는 것은 먹어야 하는 이기적 육식성 때문에
흘레붙는 수컷까지 삼키는 이 포식자의 칠령 허기 곁에
나도 빵 하나를 으적거리면서
내 머리를 으깨려는 것들의 충혈에 몸 부르르 떨고 만다
먼지 자욱한 신작로 옆 수풀 속은 지금 방전(放電)중이다

심해어

봄비가 끌고 온 저녁의 물고기가 있다 너와 내가 흘린 피가 아니다 어두워지는 도심의 골목에서 빠져나와 떠다니는 붉은빛은 큰 입과 둥근 몸, 아귀목의 심해어이다 이 골목에서 맞은편 골목으로 사라지는 물고기는 입이 얼굴 위에 있긴 하지만 먹이를 구하는 자세가 아니다 유유자적, 한 마리가 아니다 무리도 아니다 한 마리씩 일렬로 자동차가 금지된 비 젖은 질퍽한 길을 건너간다 내 어깨쯤에 붉은 비늘을 묻히더니 냉큼 너의 등을 핥아보더니 시나브로 사라진다 분홍 핏줄도 보인다 심해에서 도착한 유목어이다 심해 입구가 어딘지 알기 위해 골목을 더듬어 갔을 때 신장개업 이발소의 삼색등 입간판이 힘차게 돌면서 구름 같은 붉은 아귀를 끊임없이 찍어내고 있다 잠깐, 흰색과 푸른색 물고기도 발광(發光)한다 아귀는 아귀의 그림자까지 먹는다 이 아래 지하수를 지나면 깊은 바다가 있고 삼색등 입갑판에서 그곳까지 박힌 굴착기가 드드드 작동하는 것이다 봄밤의 비를 기억하는 사람들에게 이 골목을 포함해서 이곳은 심해 일부이다 물끄러미 서서 두리번거리는 나와 너는 의심하는 수초들이다 지하의 통로를 금방 통과하는 허기의 발광 아귀가 뱉어내는 굉음도 들린다 구름 높이의 수면에서 바다 아래로 영혼이 도달하는 동안 비는 멈추지 않을 것이다 어두운 바다의 이해를 돕기 위해 방금 가로등과 네온이 일제히 켜졌다

생선

아침상에 올라온 생선,
이건 심해의 중심에서 정육면체 각을 떠온 느낌이 아니라
냄새가 먼저이다
바싹 구웠다는 말에 까작거려보지만
쉬이 젓가락이 가질 않는다

하지만 아직 아침,
서서히 시간이 지난다면 이건 세상과 재빨리 섞이면서
혹은 세상이 이것에 주저리주저리 달아줄 핑계가 얼마나 많으랴
저녁이면 이건 우리들 입에 착 달라붙을 것이다
아예 우리네 입처럼 비슷한 냄새이고 비슷한 육질이지 않는가
수다스럽기조차 하면서
적당히 큼큼하고 적당히 새콤하여
그때라면 이건 냄새이기 전에 맛이고 향이다

하지만 지금은 아침이고
이건 너무 비리다

로드킬

산을 횡단하는 도로에서
삵이 죽고 금방 뭉개지면서 희미해졌다
길 위의 죽음, 로드킬이다
주검 일부는
어떤 비명도 듣지 못했던 자동차 바퀴에 묻혀
봄의 자오선을 통과하는 살쾡이좌 아래까지 갔다
유조선 트럭 하나가
제 죽음을 들여다볼 틈도 주지 않고
식육목의 대가리만 재빨리 낚아채어갔다
단풍나무 그림자도 함께 찢어졌다가 겨우 머리 일부만
찾았다
팔십 센티미터 삵의 길이만큼 숲의 어둠도 줄었다
로드킬의 길은
환기되지 못하는 길에 갇혀 있다

해설

죽음과 형식

권혁웅(시인 · 문학평론가)

새 시집을 읽기에 앞서, 송재학의 시에 대한 일반적인 오해에서부터 이야기를 시작해야겠다. 오랫동안 그의 시가 수사와 이미지에 경사되어 있어서 의미의 교란(곧 모호성)을 수락하고 있다는 비판이 있어왔다. 송재학의 시가 세부를 추구하면서 윤곽을 놓치고, 나무를 그리면서 숲을 잃었다는 비판이다. 무엇보다도 먼저 시인이 이런 비판을 수용하고 있다는 인상을 준다.

> 지난 몇 년 동안 내가 따라갔던 애매성의 공간에 명쾌함을 부여하려고 노력했지만, 어쩔 수 없이 서투른 내 노래는 그 공간에 더욱 사로잡힐 뿐이다. 그 공간이란 날아다니는 새에 비유한다면 깃털과 깃털 사이의 꽈리 같은 허공일 것이다. 깃털이 빠지면 사라지는, 수사나 미학으로 세계를 읽으려는, 쓸데없고 분명하지 않은. 내 생각을 덧붙이자면 흰색과 격렬함을 집어삼킨 분홍빛에 내 시를 헌정하고 있다는 느낌이다.
>
> —시집 『그가 내 얼굴을 만지네』 자서

그러나 사실 시인은 이런 비판에 대해서 아무것도 수긍하거나 양보하지 않았다. 이것은 자인(自認)도 체념도 아니다. 겉보기와는 달리 이 말은 그의 시가 '애매성'을 품고 있다는 세간의 비판을 수용하여, 그것을 '명쾌함'으로 바꾸려고 노력했다는 뜻이 아니다. 이 말은 애매함을 명료함(명쾌함이란 명료함에 미학적인 쾌감이 더해진 것이다)으로 대체하겠다는 뜻이 아니라, 더욱 '명료하게 애매하겠다'는 뜻이다. '명료한 애매함', 우리는 이를 '섬세함'이라 부르는데, 실로 송재학의 시는 그런 섬세함의 교과서와도 같다. 시인은 그다음에 "노력했지만"이라고 덧붙였다. 노력했지만, 그럼에도 불구하고, 내 시는 "깃털과 깃털 사이의 꽈리 같은 허공"에 사로잡혀 있다고. 사실은 그 허공이 새를 띄운다. 새의 비상을 가능하게 하는 것은 깃털이 아니라 깃털 사이의 허공이다. 깃털은 허공을 품기 위한 새의 변형태에 지나지 않는다. 아니, 깃털 자체가 바람, 곧 날아다니는 허공의 은유다. 따라서 첫 문장의 기본 골격은 다음과 같이 고쳐 씌어져야 한다. "나는 애매성의 공간에 명쾌함을 부여하려고 노력했으며, 그래서 내 노래는 그 공간에 더욱 몰두했다." 노래와 날개의 은유적 상관성(이를테면 '노래의 날개')에 유의하라. 깃털이 빠지면 공간도 사라지지만, 처음부터 깃털이 공간을 위한 것이었지 그 반대는 아니었다.

"수사나 미학으로 세계를 읽으려는" 시인의 시도는 쇄말에 대한 집착이 결코 아니다. 세계는 무엇보다도 이미지 외에 다른 것이 아니기 때문이다. 우리는 개별자로서의 특정한 삶을 사는 한편으로, 보편자로서 일반적인 삶의 일부분을 이룬다. 전자를 강조하면 개별적인 세계의 이미지가 남고, 후자를 강조하면 그 이미지들의 상관 관계인 의미가 남는다. 그런데 개별자로 살아가면서 보편자의 삶을 겪기 때문에, 이미지와 의미는 동시에 우리에게 온다. "문학 그 자체는 사물의 피안에 놓여 있는 것은 아무것도 알지 못한다. 문학에서는 모든 사물 하나하나가 진지한 것이고 유일무이한 것이고 또 비교할 수 없는 것이다. (……) 이미지와 의미의 분리 역시 하나의 추상이라고 말하고 싶은데, 왜냐하면 의미는 언제나 이미지 속에 감싸져 있고 또 이미지 저편으로부터 비추이는 빛의 반영 역시 하나하나의 이미지를 통하여 그 빛을 발하기 때문이다."(루카치, 『영혼과 형식』, 11~13면) 수사나 미학은 이미지만을 읽고 의미를 버리는 방식이 아니다. 오히려 그것은 의미를 이미지의 발생지이자 담지체로써 읽는 방법이다. 비유하자면 시가 세계라는 이미지를 상연하는 스크린이라면, 의미는 그 이미지를 낳는 영사기(거기에는 발생지로서의 광점과 담지체로서의 회전판〔롤〕이 있다)에 해당할 것이다. 이미지의 발생과 보존과 배치를 감당하는 것이 바로 의미다. 정교하고 섬세한 이미지란 반드시 그것을 가능하게 하는 의미의 맥락에 놓여야 한다. 더욱이 수사나 미학은 현재화된 의미만이 아니라 잠재된 의미까지 읽어낸다는 점에서, 통상의 독법을 넘어선다. "흰색과 격렬함을 집어삼킨 분홍빛"이 그런 예다.

> 흰색은 햇빛을 따라간 질서이지만 그 무채색마저 분홍과의 망설임에 속한다 분홍은 흰색을 벗어나려는 격렬함이다 …… 분홍은 병(病)의 깊이, 분홍은 육체가 생기기

시작한 겨울 숲이 울고 있는 흔적, 분홍은 또다른 감각에
도달하고픈 노루귀의 비밀이다

—「흰색과 분홍의 차이」 부분

분홍색은 흰색과 붉은색의 중간이 아니다. 그것은 흰색을 벗어나려는 격렬함을 품은 빛이다. 역으로 흰색은 분홍색에서 벗어나 무채색으로 돌아오려는 망설임을 띤 빛이다. 분홍색은 붉은색(격렬함)도 흰색(망설임)도 되지 않지만, 그 둘 다를 품은 색이기도 하다. 아니, 이 말도 적절하지 않다. 시인의 거듭된 정의는 수사나 미학이지만, 이를 통해 드러나는 저 이미지는 분홍의 외연을 있는 힘껏 넓힌다. 분홍은 완연한 병색이자, 숲의 육체와 정념의 표현이자, 조심스러운 저 노루귀의 감각(그것은 식물이면서, 귀를 쫑긋 내세운 노루의 바로 그 귀—정확히는 그 귀에 난 모세혈관들!—이기도 하다)이다. 잠재성이란 이런 것이다. 분홍색의 잠재태는 흰색과 붉은색의 모든 가능태를 합한 것보다 크다. 잠재성으로서의 분홍색은 다른 두 색이 될 수도 있지만 되지 않을 수 있는 가능성까지 품은 색이며, 그로써 세 가지 모두의 영역에 걸쳐 출현하는 색이다. 따라서 그 동력으로 보아서도 그것은 대단히 격렬한 색이다. 동일한 의미에서 분홍을 낳은 흰빛이 또한 얼마나 큰 잠재성을 가진 빛인지 알 만하다. 이것을 어찌 수사나 미학과 무관한 것이라 할 수 있으며, 또 어찌 한갓 수사나 미학에 불과하다고 말할 수 있겠

는가? 송재학 시의 수사나 미학은 이미지에 둘러싸인 의미, 곧 삶의 세목들을 놓치지 않으면서 그것들의 연관 관계를 정확히 드러내기 위한 방법론의 다른 이름이다.

이 시집으로 돌아오자. 이번 시집의 가장 큰 미학적 특질은 '죽음'과 그것의 여러 형식에 관한 탐구인 것 같다. 시집의 곳곳에 놓인 '~장(葬)'이라는 제목을 품은 시들이 그것을 웅변한다. 이것이야말로 죽음의 형식이 아니고 무엇이겠는가? 죽음의 순간을 포착하고 그것을 의례화함으로써, 죽음의 불모성(죽음 이후에는 아무것도 없다고 우리는 상상한다) 대신에 죽음의 생산성(장례식 때에, 우리는 최고로 고양되어서 고인을 상상한다.)을 잡아내는 방식, 죽음 자체로 죽음 이후의 영원성을 극복하는 방식이 바로 장례다. 무시간으로서의 영원은 공허에 지나지 않는다. 진정한 영원은 이후의 모든 시간을 감당하는 고양된 한순간이며, 바로 이것이 영원성의 이미지—장례의 이미지다. 송재학의 이번 시집이 기대고 있는 근본 은유가 바로 이런 의미의 죽음이다.

물론 시인의 이전 시집들에서도 죽음이 드러나지 않은 것은 아니다. 여러 역사를 거쳐오면서 시인은 여러 죽음을 기록했다. 개인(가족과 친지의 죽음), 사회(전형적인 인물의 죽음), 자연(자연물들의 죽음)의 여러 영역에서 죽음이 출현했다. 하지만 이런 죽음은 수사나 미학이 아니었다. 그것은 오직 가계와 역사, 생태 전체와 관련된 '의미'의 기제였다. 그런데 이 시집에서의 죽음은 단순한 의미가 아니라 다른 의미로 '번역'된다는 점에서 진정한 수사와 미학이다. 수사와 미학이라는 말에 묻은 질시의 시선은 이제 걷어내도록 하자. 둘을 오염시키는 잘못된 전제를 수락해서는 안 된다. 죽음은 이번 시집에서 어떻게 드러나고 있는가?

1. 먼저 그것은 현전의 존재론이다. 이미지들이 직접적으로 의미를 표현하지는 않는다. 이미지는 이미지 자체를 표현하며, 그것이 이미지의 의미다. 이렇게 말해도 좋다. 존재자를 낳는 존재란 것은 따로 없다. 있는 것, 존재하는 것은 그 존재자들의 자리, 존재자의 존재론적인 되먹임이다.

달이라는 짐승이 제 머리를 뚝 떼어내 앞으로 던졌다
달이 움직인다!
달맞이꽃 그늘은 살이 차오를 때까지 환상통에 시달린다
달이 힘겹게 움직일 때
파도의 손가락들도 달의 통점에 닿으려 한다
달의 안감을 뜯어내려는 저녁 바다는
물로 된 서랍을 죄다 열었다
작은 어선의 백열등을 연결한
별자리 위에서
달을 도우는 기러기 떼는 한 계절 먼저 출발했지만

아직 달 표면에 조류의 무늬는 없다
새의 착륙을 위해 나무들은 쇄골의 수피를 벗겼다
달이 다시 움직인다
기러기 떼와의 거리를 좁혔다

—「달 가듯이」 전문

달의 죽음은 달이 현전하는 양태다. "달이라는 짐승이 제 머리를 뚝 떼어내 앞으로 던졌다." 존재자의 존재론적 되먹임이란 이런 것이다. 달이 수평선에서 제 머리를 떼어내 던지는 것. 그야말로 둥실, 떠올랐을 것이다. 달은 머리밖에 없다. 달은 제 머리를 떼어내 던짐으로써 자기의 전부를 던진 것이다. 던져진 것도 달이고 던진 것도 달이다. 달이라는 저 머리(존재자)의 이동을 가능하게 하는 몸통(존재)은 처음부터 없었다. 달의 이동을 떠받치는 다른 존재나 의미를 우리는 상상할 수도, 추론할 수도 없다. 달은 현전만으로 존재론적인 위상을 획득한다. 그 위상은 존재적인 것이 아니다. 이 현전이 확보된 후에야, "달맞이꽃", "저녁 바다", "어선"의 집어등이 만드는 별자리, "기러기 떼"와 "나무들"이 자리를 잡는다. 달맞이꽃은 달이 중천에 뜰 때까지("그늘은 살이 차오를 때까지") 환상통을 앓고, 바다는 달을 만져보려고("파도의 손가락들") 저렇게 파도를 높였다("물로 된 서랍을 죄다 열었다"). 하늘에 뜬 기러기 떼를 따라잡으려고 달은 다시 움직인다. 그러니까 달의 죽음은 현전하는 사물들의 역동성이 낳은 하나의 양태인 셈이다. 달은 그렇게 죽음으로써 선명한 제 삶을 시작한다.

> 사막의 모래 파도는 연필 스케치 풍이다 모래 파도는 자주 정지하여 제 흐느낌의 상(像)을 바라본다 모래 파도는 빗살무늬 종종걸음으로 죽은 낙타를 매장한다 모래장(葬)을 견디지 못하여 모래가 토해낸 주검은 모래 파도와 함께 떠다닌다 모래 파도는 음악은 아니지만 한 옥타브의 음역 전체를 빌려 사막의 목관을 채운다 바람은 귀가 없고 바람 소리 또한 귀 없이 들어야 한다 어떤 바람은 더 많은 바람이 필요하다 모래가 건조시키는 포르말린 뼈들은 작은 노(櫓)처럼 싣고 넙적히다 그 뼈들은 모래 속에서도 반음 높이 노를 저어갔다 뼈들이 닿으려는 곳은 모래나 사람이 무릎으로 닿으려는 곳이다 고요조차 움직이지 못하면 뼈와 노(櫓)는 증발한다 물기 없는 뼈들은 기화되면 이미 내 것이 아니다 너무 가벼워 사라지는 뼈들은,
>
> —「모래장(葬)」 전문

"사막의 모래 파도"가 만들어내는 "모래장(葬)" 역시 그렇다. 모래 파도는 정지와 움직임을 동시에 구현한다. 사구를 만들어내는 저 모래의 형상은 그 자체로 "파도, 흐느낌, 빗살무늬 종종 걸음, 음악"인데, 이것들은 모두 역동성을 품었다. 사실 그 움직임은 멈춰 서서 만든 "상(像)"이다. 정지

했을 때에야 상을 얻어낼 수 있기 때문이다. "모래"가 만들어내는 장례에서도 순간의 정지(이것이 장례의 한순간임은 물론이다)는 영원한 유동성을 담보해낸다. 이것은 무의미한 죽음, 곧 영원한 불모와 다르다. "죽은 낙타"는 저 모래 파도에 떠서 저 자신인 주검을 실어가는 배의 "작은 노"가 된다. 죽은 달이 저 자신의 일부인 머리인 것과 같이, 이 주검은 저 자신의 일부인 "노(櫓)"다. 궁극적으로 "뼈와 노"는 증발하고 기화되고 사라진다. 저 모래 파도의 일부가 됨으로써 주검은 "흐느낌의 상"으로, 모래장의 형식으로 영원히, 정확히 말하면 영원히 유전(流轉)하면서, 고정된다.

죽음이 현전의 존재론이라는 말은, 죽음의 형식에 포괄된 대상이 저 자신의 실존을 온통 그 형식에 걸어둔다는 뜻이다. 그것은 운동의 끝(정지)이 아니어서, 일종의 스냅 사진과 같은 것이다. 그것들을 이어붙이면, 우리는 삶이라는 활동 사진을 얻는다.

울 어머니 매년 사진관에 다녀오신다
그곳에서 아버지 늙어가시니
어머니 미간의 지층을 뜯어내면
지척지간 아버지 주름이다
굵은 연필이라면 머리카락 몇 올 아버지 살쩍에 옮겨
늙은 목탄 풍으로 바꾸는 게 어렵지 않다지
그때마다 깃 넓은 신사복은 찡그리면서

아버지, 어머니 그림자처럼 늙으신다
하, 두 분은 인중 닮은 이복남매 같기도 하고
오누이 같기도 하고

—「죽은 사람도 늙어간다」 부분

부부는 닮아간다. 그 때문에 늙어가는 어머니를 따라 젊어서 죽은 아버지도 늙어가는 것이다. 어머니가 사진관에 다녀오는 것은 일종의 '사진장(葬)'이다. 그것은 살아 있는 매 순간을 고정시킴으로써 죽은 아버지와의 거리를 좁히려는 당신의 안간힘이기도 하다. 매년 어머니가 찍은 현전의 스냅 사진이 합장(合葬)을 미리 당겨서 치르는 의식의 결과라는 얘기다. 바로 이 현전이 죽음과 동거하는 어머니의 삶이다. 이 현전 너머에, 우리가 기댈 수 있는 '존재'란 없다. 죽음은 현전으로 영원을 담보하는 제의다.

2. 죽음은 존재 변환의 문턱을 지시하는 데에도 쓰인다. 죽음은 하나의 존재 형식을 허물고, 새로운 존재로 전환되는 경계다. 궁극적으로 그것은 만상의 물활론이 된다. 죽음이 생명을 담보하게끔 하는 이 전환은, 생명 없는 것에도 생명을 나눠주려는 다정함의 다른 표현이다. 죽음을 통해서 만상은 서로가 곁고 트는 존재들로 변한다. 만상은 서로가 형제자매다. 죽음과 죽임의 끔찍함을 고발하는 것처럼 보이는 다음 시부터 읽어보자.

산을 횡단하는 도로에서
삵이 죽고 금방 뭉개지면서 희미해졌다
길 위의 죽음, 로드킬이다
주검 일부는
어떤 비명도 듣지 못했던 자동차 바퀴에 묻혀
봄의 자오선을 통과하는 살쾡이좌 아래까지 갔다
유조선 트럭 하나가
제 죽음을 들여다볼 틈도 주지 않고
식육목의 대가리만 재빨리 낚아채어갔다
단풍나무 그림자도 함께 찢어졌다가 겨우 머리 일부만 찾았다
팔십 센티미터 삵의 길이 만큼 숲의 어둠도 줄었다
로드킬의 길은
환기되지 못하는 길에 갇혀 있다

—「로드킬」 전문

"삵"은 죽은 뒤에도 거듭 치였다. "대가리"는 "유조선 트럭"을 따라 갔고, 단풍나무 그림자도 함께 몸의 일부를 잃었다. 여기서 로드킬의 비극이나 생태주의의 전언만 얻어서는 안 된다. 보라, 삵이 죽은 후에 "주검 일부"는 "살쾡이좌 아래"까지 간다. 저 별자리는 삵이 죽지 않았으면 생기지 않았을 별자리다. 기념할 만한 죽음은 별자리를 만든다.

인간의 눈으로는 무의미해 보였을 저 삶의 죽음을 별자리가 보상해주었다. 로드킬이라는 한순간과 별자리라는 영원성의 자리바꿈이다. 그렇다면 함께 찢어진 저 "단풍나무 그림자"와 "팔십 센티미터" 길이만큼 줄어든 "숲의 어둠"이란, 저 자리바꿈에 참여함으로써 순간과 영원성의 전환을 증언하는 존재자들 아니겠는가? 이 전환을 수긍해야 다음 시의 다정다감에 동참할 수 있다.

고물이 통통한 배가 꼭 제 덩치만한 배에 접근했다 배꼽 근처에서 낭랑한 입이 열리고 물컹한 다리가 걸쳐지자 통통의 승객들이 덩치로 옮겨탄다 환승이다 하지만 내 시선에 붙잡힌 것은 눈꼬리기 샐쭉한 주석강(舟船綱)의 포유류이다 엉덩이가 더 큰 엉덩이에 들이대는 다정다감, 저들의 짝짓기에서도 쇠 냄새는 없다 입에서 입으로 건너가는 따뜻하고 말랑말랑한 혀 같은 환승이 끝나고 엉덩이를 돌려 헤어질 때까지 이 뚱뚱하고 오래된 짐승들은 멈칫멈칫 젖은 살을 부빈다 물 위의 그림자들 포개지며 일렁거리며 마지막까지 머뭇거린다

—「환승」 전문

이것은 단순한 활유가 아니다. 배는 처음부터 죽어 있는 사물이다. 죽은 것은 다시 죽을 수가 없다. 삶의 삶은 살아감이지만 죽음의 죽음은 삶이다. 죽음이 죽어서 죽음의 지

배에서 벗어났기 때문이다. 이 시는 죽음이 아니라 삶에 관해 이야기하지만, 죽음과 무관한 삶이 아니라 죽은 것의 죽음으로써의 삶에 관해 말한다. 보라, 죽은 것들이 살아 있는 이들을 낳지 않는가? "엉덩이가 더 큰 엉덩이에 들이대는 다정다감"과 "입에서 입으로 건너가는 따뜻하고 말랑말랑한 혀 같은 환승"에는 사랑으로 표현되는 짝짓기가 있다. 시인은 이 배들이 "주선강(舟船綱)"에 속한다고 말한다. 계문강목과속종(系門綱目科屬種)은 생물을 분류하고 상세화하는 분류 체계다. 가장 큰 계에서 가장 작은 종에 이르기까지, 모든 생물은 저 분류 체계에 따라 동일한 지평에 펼쳐진다. 그런데 이제는 시인 덕분에 무생물도 이 체계에 포함되었다. 저 분류 체계를 받아들이는 사물은 모두 살아 있는 사물(생물)이다. 주선강의 배들은 다른 배를 받아들임으로써 사랑의 형상을 갖게 되었으며, 이로써 생물들이 할 수 있는 사랑의 형식, 곧 짝짓기를 흉내 낼 수 있게 되었다. 무생물인 배의 죽음은 생물인 "주선강의 포유류"로의 변환을 가능하게 하는 문턱이다.

방금 우리는 동물이 풍경으로, 무생물이 동물로 변하는 지점을 보았다. 이런 변환은 이 시집에서 무수히 관찰된다. 몇몇 예를 더 들어보자. 이 예들에서도 우리는 이미지가 얼마나 정확히 의미를 구현하고 있는지를 살피게 될 것이다. 먼저 식물이 동물로.

수피와 겹치는 민물고기 등을 보았다
서어나무 안에서 헤엄쳐 나온 담쟁이 단풍이다
서어나무 등〔椎〕이 환해졌다라고 적었다가 등(燈)을 바꾸어 달았다
등을 켜니까 서어나무 주변의 민물고기 떼들,
공기에 물을 채우고 있다

—「담쟁이 등(燈)」 부분

서어나무의 수피(樹皮)는 밋밋한 무채색이어서 민물고기의 피부를 닮았고 잎은 통통한 유선형이어서 민물고기의 몸체를 닮았다. 저 닮음이야말로 만상이 몸을 바꾸는 방법이다. 그것은 몸이라는 그릇의 용량이기도 하다. 그들은 '닮아서' 같은 몸을 '담는' 것이다. 서어나무는 민물고기의 형상과 질료를 나누어 담았다. 형상(eidos)은 '보다(idein)'라는 동사에서 나왔다. 저 잎은 물고기의 형상을 대신했다. 질료(matter)는 '목재(hyle)'에서 나온 말이다. 나무의 껍질은 물고기의 질감을 대신했다. 그러니 서어나무 잎이 수피 앞에서 흔들릴 때, 헤엄치는 민물고기가 어른거리기도 할 것이다. 다음, 사물이 동물로.

봄비가 끌고 온 저녁의 물고기가 있다 너와 내가 흘린 피가 아니다 어두워지는 도심의 골목에서 빠져나와 떠다니는 붉은빛은 큰 입과 둥근 몸, 아귀목의 심해어이다

—「심해어」 부분

"이발소의 삼색등 입간판" 가운데 붉은색이 찍어내는 물고기가 저 아귀다. "잠깐, 흰색과 푸른색 물고기도 발광(發光)한다." 그렇다고는 해도 다른 두 물고기는 "아귀목의 심해어"가 아니다. 붉은색만이 심해에 어울린다. 심해에서는 붉은색 가시광선이 통과하지 못하기 때문에 붉은색은 전혀 보이지 않는다. 심해용 보호색으로 위장한 저 아귀는 어두워가는 도심을 심해로 바꾸는 신비의 시간에 출현하는 것이다. 그다음, 식물이 인간으로.

참나무가 제 꽃잎 속 분홍 심지를 돋울 때 산벚나무는
참나무의 산점(產漸)을 위로하지만 자신이 더 위태롭다
조금만 더 조금만 더 헐떡거리는 미열 앞에 참나무의 슬
로우 모션은 한없이 늘어난다 (중략) 산벚나무 산도(產
道)에 먼저 불이 붙고 꽃잎은 흰색에서 분홍빛으로 번지
면서 온 산이 산벚나무의 희고 붉은 울음을 견디지 못할
때 먼저 봄 산욕(產褥)을 거쳤던 참나무가 되돌아서서 예
의 빙긋 웃어주는 것은 잊을 수 없다 산벚나무 부인사(婦
人史) 전말이다

—「숨죽이기—생물계절학」 부분

참나무와 산벚나무는 개화 시기가 엇물려 있다. 참나무에

게 "산점(産漸)"(해산할 기미)이 보인다는 것은 산벚나무의 "산도(産道)"도 곧 열릴 것이라는 징조다. 절정은 늘 "슬로우 모션"이다. 참나무의 산통이 지나고 나면 산벚나무의 개화가 시작된다. 개화를 산통에 빗댔으므로, 이들은 모두 "부인(婦人)"이다. 마지막으로 동물이 사물로.

아흔 살 외할머니의 외출 가방은 아직도 악어, 악피(鰐皮)가 유행하던 시절의 유산이지만, 인조 가죽이 분명하다고 내 삐딱한 의혹은 웃고 있다 그렇더라도 악어과 악어목의 악어 가방은 지금 눈꺼풀 닫고 수면 높이에서 응시중이다 육식성 악어도 가끔 지퍼 열고 허기를 채운다 무얼 삼키는지 궁금하지만 명절이면 악어새 닮은 꾸개꾸개 천 원짜리 지폐가 내 아이들 손에 슬며시 날아와 앉는 날도 있으니 그게 죽은 악어 껍질이 아니라 영혼만 슬그머니 꽁무니 뺀 늙은 악어가 쥐 죽은 듯 가방 흉내를 내는 것이다

—「미안하구나」 부분

악어와 악어 가방의 저 호환은 그 자체로도 무척 재미있는데, 더하여 저 가방이 "악어새 닮은 꾸개꾸개 천 원짜리 지폐"를 낳는다는 점 역시 재미를 준다. "영혼만 슬그머니 꽁무니 뺀 늙은 악어"라면 그 자체로 죽은 악어가 분명한데, 시인은 그 악어가 "가방 흉내를 내는 것"이라고 의뭉을 떤다. 죽음이 죽음으로써(악어가 악어 가방이 되어서) 오히

려 살아 있게(악어 가방이 악어새인 지폐와 공생하게) 되었기 때문이다.

하나의 존재(이때의 '존재'는 '존재자' 너머의 추상을 이르는 이름이 아니라, 생물과 무생물을 통틀어 부르는 이름이다)가 다른 존재로 변하기 위해서는 이전 존재의 죽음이 필연적으로 요구된다. 따라서 이때의 죽음은 변환의 문턱, 매듭, 결절점을 지시하는 말이다. 그 결과 존재는 다른 존재로 옮아가게 되는데, 이로써 죽음은 만상의 상호 교감을 표시하는 신비주의의 다른 이름이 된다.

3. 죽음은 일종의 문자학이기도 하다. 역으로 말해서 문자는 죽음의 형식이다. 그것은 제문, 비문, 유서의 영역에 속한다. 문자는 장례의 하나다. 한 획 한 획이 품은 동력은 문자의 내부에서 영원히 정지해 있다. 문자는 운필(運筆)의 운동성을 제 안에 봉인해둔다. 그렇게 문자는 현전의 순간들을 고정시킴으로써 영원한 흔적으로 변화한다. 따라서 거기에는 언제나 죽음의 그림자가 어른거린다.

> 버려둔 시골집의 안채가 결국 무너졌다 개망초가 기어이 웃자랐다 하지만 시멘트 기와는 한 장도 부서지지 않고 고스란히 폴삭 주저앉았다 고스란히라는 말을 펼치니 조용하고 커다랗다 새가 날개를 접은 품새이다 알을 품고 있다 서까래며 구들이며 삭신이 다치지 않게 새는 날개를

천천히 닫았겠다 상하진 않았겠다 먼지조차 조금 들썽거렸다 일몰이 깨금발로 지나갔다 새집에 올라갈 아이처럼 다시 수줍어하는 기왓장들이다 저를 떠받쳤던 것들을 품고 있는 그 지붕 아래 곧 깨어날 새끼들의 수다 때문이 아니라도 눈이 시리다 금방 날개깃 터는 소리가 들리고 새 집은 두런거리겠다

—「지붕」 전문

지붕이 무너졌는데 상한 기와가 없었다. 지붕은 글자 그대로 "고스란히" 주저앉았다. "고스란히라는 말을 펼치니 조용하고 커다랗다." 저 글자는 단순히 의미를 전달하는 표음 기호가 아니다. 그것은 그 자체로 지붕과 새의 상형이다. '고스'는 쐐기 형태(△)다(오른손잡이가 흔히 그런 것처럼 첫 글자('ㄱ')를 쓸 때 왼쪽을 눕히고 오른쪽을 들어야 할 것이다). 그것은 지붕이 펼쳐진 모양이거나 "새가 날개를 접은 품새"다. '란'은 그것을 받아 안는 소리(받침 'ㄴ'의 겸손함을 보라)이고, '히'는 저 지붕과 날개가 허공을 품을 때 내는 바람소리다. 그러니까 '고스란히'라는 문자 안에는 지붕과 새, 허공과 바람이 함께 들어 있었던 것. 이 문자는 옛집과 새 집을 잇고, 무너짐과 올라감을 잇고, 접은 날개와 깃 터는 날개를 잇고, 조용함과 두런거림을 잇는다. 집의 죽음이 문자의 현전을 통해 새로운 집의 탄생으로 이어지는 것이다.

오늘 만어사에 와서 소리의 서책(書冊)을 보았습니다 홀지느러미 가름끈이 아름다운 소리책입니다 책등의 아가미로 숨 쉬는 책입니다 물고기 등뼈가 분류한 소리집(集)의 한국십진분류는 700 언어편이지만 다시 미세 뼈가 분류한 숫자는 799, '비와 물고기의 소리편'입니다 비 새는 곳이 만어사와 내 몸뿐 아니라 저 가을길도 그러해서 산길 골라 왔습니다 지금 읽지 않는다면 비늘 떨구며 시나브로 사라질 소리입니다 지금 소리의 앞뒤를 따라가면 내 몸에 송홧가루 필사본 책 한 권 채워집니다

—「소리책(冊)」 부분

소리로 이루어진 "서책"도 있다. 만어사 부근에서는 "산중의 돌에서 3분의 2가 다 금옥의 소리"를 낸다. 그 소리는 음표로 이루어진 물고기의 다른 이름이다. 물의 흐름이 바로 악보이므로 물고기는 음표이기도 하고 빗소리이기도 하다. "비와 물고기의 소리편"은 "799"가지로 소리들을 분류해놓았다. 거기에 날리는 "송홧가루"가 또 한 권의 필사본을 만든다. 소리는 기록되면서 문자가 되고 책이 되고 물고기가 된다. 소리의 책은 낭송하는 순간을 필요로 한다. "지금 읽지 않는다면 비늘 떨구며 시나브로 사라질 소리"책이다. 읽는 순간들로 제본한 문자의 모음집인 셈이다. 따라서 이 책 역시 일종의 '소리장(葬)'이다.

밤새워 달렸던 새벽 초원이 몸살기 털어내며 내 곁에 왔다

오른쪽 비워두고 해쓱한 왼쪽 빰만 자꾸 부볐다

염료통이 쏟아지자 초록 활주로,

복사뼈까지 잠기는 초록물 위에서다

내 몸의 처음과 끝도 풀잎의 체온 빌려 발묵(潑墨)하는 행서체 넓이이다

—「풀잎들은 언제 사랑하게 되는가」 부분

이번에는 몸을 대신하는 문자다. 대초원의 일망무제가 왼쪽에 펼쳐졌다. 푸른 하늘 아래 초록의 활주로가 지평선 끝까지 간다. 내 몸도 "풀잎의 체온 빌려 발묵하는 행서체"다. "발묵"이란 먹물이 번져서 퍼지는 모습을 이르는 말이다. 나는 풀잎의 색깔과 체온을 얻었다. 송재학의 시에서 '흉내 내다, 빌리다, 닮다, 옮기다'와 같은 말들은 모방을 뜻하는 말이 아니라 동일시를 뜻하는 말이다. 나는 초록의 활주로, 초록의 물 위에서 풀잎과 동일하게 번진다. 나는 행서체다. 행서(行書)는 정자로 쓰는 해서(楷書)와 흘려 쓰는 초서(草書)의 중간 형태다. 나는 저 초록 풍경에 반쯤 동화되었으므로 행서이고(완전히 동화되는 초서의 경우에는 나를 잃고, 전혀 동화되지 않은 해서의 경우에 나는 풀잎과 무관하다), 들판을 걷고 있으므로 행서다. 이 서체는 나의 위치와 상태와

동작을 정확히 지시하고 있으며, 그로써 나를 대신하는 문자가 된다.

너가 인편으로 붓틴 보자(褓子)에는 늪의 새녘만 챙긴 것이 아니다 새털 ᄆᆡ듭을 플자 믈 우에 누웠던 항라(亢羅) 하늘도 한 움큼, 되새 떼들이 방금 븛고 간 발자곡도 구석에 꼭두서니로 염색되어 잇다 수면의 믈거울을 걷어낸 보자 솝은 흰 낟달이 아니라도 문자향이더라 ᄇᆞ람을 떠내자 수생의 초록이 눈엽처럼 하늘거렸네 보자와 ᄆᆡ듭은 초록 동색이라지만 초록은 순순히 결을 허락해 머구리밥 ᄉᆞ이 너 과두체 내간(內簡)을 챙겼지 도근도근 ᄆᆡ듭도 안감도 대되 운문보(雲紋褓)라 몇 점 구름에 마음 적었구나 ᄒᆞᆫ 소솜에 유금(游禽)이 적신 믈방울들 내 손뜽에 미끄러지길래 부르르 소름 돋았다 그 만ᄒᆞᆫ 고요의 눈씨를 보니 너 담담한 줄 짐작하겠다 빈 보자는 다시 보ᄂᆡᆫ다 아아 겨을 늪을 보자로 싸서 인편으로 받기엔 어름이 너무 차겠지 향념(向念)

—「늪의 내간체(內簡體)를 얻다」 전문

송재학의 문자학이 다다른 최고의 경지가 여기에 있다. 극단적인 아름다움을 뿜어 내는 저 고어와 우리말과 한자어들은 그 자체로 "보자(褓子)"가 품은 한 세상을 구현해낸다. "네가 인편으로 붓틴 보자에는" 동터오는 "늪"과 거기에 얼비친 "하늘"과 그 하늘을 나는 "되새 떼"와 "구름"과 늪에 떠 있는 "머구리밥(개구리밥)"과 "유금(游禽)"과…… 그리고 고요가 있다. 저 수많은 풍경과 생물들의 수런거림에도 불구하고 늪은 고요하다. 그 늪이 보자기에 수놓아진 문양이어서만은 아니다. "그 만흔 고요의 눈씨를 보니 너 담담한 줄 짐작하겠다." 그 자체가 처음부터 고요의 눈맵시를 하고 있었으며, 그것이 또한 너의 담담함을 대신하고 있었기 때문이다. 이 풍경을 시인은 "늪의 내간체"라 일렀다. 이 편지가 "언니가 여동생에게 보내는 내간체"로 적혔으므로 풍경 전체가 다정다감의 문체로 고정된 보자기가 된 것도 당연하지만, 그보다 더 중요한 것은 그 내간체를 얻게 된 내력이다. "초록은 순순히 결을 허락해 머구리밥 ᄉᆞ이 너 과두체 내간(內簡)을 챙겼지." 보자기와 매듭 모두가 늪이 품은 초록이었고, 초록의 물무늬("ᄇᆞ람을 떠내자 수생의 초록이 눈엽처럼 하늘거렸네")가 개구리밥 사이에서 "과두체"를 낳았다. 과두체(蝌蚪體)란 옛 중국의 전자체(篆字體)를 말하는데, 그 생김새가 올챙이와 같다 하여 붙은 이름이다. 저 고어와 우리말과 한자어들이 중국의 옛 서체처럼 고아(古雅)하다고 말하고 말 것이 아니다. 과두체는 개구리밥이 낳은 문체다. 올챙이 어미가 개구리니 그럴 수밖에. 개구리밥은 식물과 동물을 모두 품은 사물이고, 과두체는 동물과 고물(古物)을 모두 품은 문체이며, 보자기는 늪과 너의 마음을 모두 품은 묘역(墓域)이다. 내간체는 동생의 마음을 대신하는 "문자향"이었다. 저 문자의 향기를 교양의 산물이 아니라, 문체가 풍기는 죽음의 향이라 불러도 될는지. 그럴 때라야, '마음을 기울이거나 생각을 둔다'는 뜻의 향념(向念)이 단순히 손아랫사람을 향한 결어가 아님을 알게 될 것이다. 송재학의 문자학이 품은 아름다움은 실로 놀랍다.

문자학은 글쓰기에 대한 시인의 자의식과도 관련이 있다. 시인은 시로만 남는다. 모든 시는 그 시인이 죽은 후 새겨질 단 한 줄의 비문을 향해 간다. 문자학에 대한 탐닉은 모든 시행을 그 한 줄에 대한 헌사로 바꾸고자 하는 이미지의 욕망이기도 하다. 죽음은 그런 문체를 통해서만 고정되고 극복된다.

4. 마지막으로 죽음은 몸의 동력학이다. 어느 누구도 죽음을 피할 수는 없기에, 우리는 죽음을 향한 존재들이다. 죽음은 죽어가는 몸과 함께 온다. 우리는 그 몸이 퍽 근심스럽다. 다시 말해서, 죽어가는 것들은 사랑스럽다. "모든 죽어가는 것을 사랑해야지"(윤동주)라는 말은 모든 살아 있는 것을 사랑해야지, 라는 말과 같은 말이다.

녹나무는 아니지만
욕조에 누우면 잠들고 싶어서라도
나는 지금 적석목관분 안에 누운 것이다
운명이 있다면 뜨거운 물은 금방 딱딱해져서

굳기름으로 바뀔 것이고
수증기 사이 희미한 불빛의 온도는 깜빡이다가
차가워지리라
곧 관 뚜껑이 만년설보다 더 두텁게 닫히고
돌이 쌓여진다 해도
아래가 편편한 덧널무덤의 편안함은 외면하기 싫다
깜빡 잠이 들었는지
부식이 진행되었는지 손발 마디마디가 저리다
느낌도 욕망도 없는 식어버린 물이
지하 일백 미터 아래에 욕조를 묻어버린 듯
혼곤하다

—「적석목관분」 전문

시인은 "욕조에 누우면"이라 서두를 잡고는, 제 몸을 죽은 몸으로 간주했을 때 벌어질 일들에 관해서 말한다. "뜨거운 물"은 식어서 굳기름으로 바뀔 것이고, 그 위에 "관 뚜껑"이 닫히고 돌이 놓일 것이다. 거기에 "아래가 편편한 덧널무덤의 편안함"과 지하에 묻힌 "혼곤함"이 있어서다. 시인에 따르면, 욕조에 몸을 담그고 바닥없이 잠겨드는 일은 일종의 임사 체험이다. 저린 손발은 생명이 빠져나갔다는 신호이고, 식어버린 물은 "느낌도 욕망도" 없어졌다는 표시다. 그러나 이것은 사실 공포가 아니라 유머다. 보통 적석목곽분(積石木槨墳)이라 부르는 무덤은 목관(널) 바깥에 목곽(덧널)을 두고, 돌무지로 덮은 후에 봉분을 쌓은 것이다. 신라 시대의 천마총이나 황남대총처럼, 경주평야에 유방처럼 솟아 있는 무덤들이 다 이런 형식의 돌무지덧널무덤이다. 그러니 욕조에 누울 때마다 나는 왕족 같은 대우를 받는 것이다. 시인이 서두 앞에 또 하나의 서두("녹나무는 아니지만")를 덧붙인 것도 이 때문이다. 녹나무는 왕족의 관재(棺材)로 쓰인다. 내가 누운 욕조가 녹나무로 된 것은 아니라 해도—이 말은 내가 비록 왕족은 아니지만, 이라는 유머다. 나는 왕족에게나 어울릴 만한 예우로 내 몸을 대했다. 나는 내 몸을 사랑의 대상으로 삼았다. 단, 죽음의 형식으로.

머리 없이 등짝만으로도 사람이라네
흰 수피의 나무들 사이
내가 가진 검은색 버리고
신발도 가지런히 나무 가랑이 아래 벗어놓고
나무 속 발광체라는 생각으로
나무 속에 들어가보았으면
혼자 썩을 수 없는 물질이었으니
물의 모세관을 따라가보았으면
우듬지에서
중력 따위는 잊고 젖어버린 벌거숭이로
덧없이 가벼워보았으면
나뭇잎 흔들릴 때 뿌리처럼 뭉클하는 따라지목숨이라

는 느낌

시작도 끝도 없이

잎보다 더 많은 빗방울이 천천히 내 목울대 너머 가득 채우는 느낌

나무보다 내가 먼저 젖을 때까지

일몰이 겹쳐질 때까지

—「나무장(葬)」 전문

이것은 죽음인가, 사랑인가? 구별이 쉽지 않을 것이다. 나무와 한 몸이 되는 일은 정말로 내면과 윤곽과 풍경을 일치시키는 일이다. 내가 나무 속에 들어가면, 나무는 머리 없는 사람이 된다. 능짝과 가링이의 모세관을 가진 벌거숭이 사람이 바로 나무다. 내가 나무 속에 들어가면 나는 나무에 한 삶을 의탁한 "따라지목숨"이 된다. 따라지 인생—이제는 이를 목생(木生)이라 불러야 하리라—이란 보잘것없는 인생이 아니다. 그것은 나무에 제 몸을 온전히 맡긴 한 삶을 유머러스하게, 겸손하게 말한 것이다. 보라, 나뭇잎이 흔들리면 "뿌리처럼 뭉클"하고, 비가 오면 "나무보다 내가 먼저" 젖는 삶이란 얼마나 자유롭고 풍요로운가. 늙은 몸은 본래 나무와 같아진다. 피부는 수피를 닮아가고, 아래에선 버섯의 일종(?)인 검버섯이 피고, 가끔 피가 통하지 않는 지체는 가지처럼 부러지기도 한다. 그런데 이 몸이야말로 스스로 나무를 품은, 살아서 수목장을 미리 겪는 몸이다. 수목

장은 낡아가는 내 몸을 긍정하고 보듬어 안는 사랑의 형식이었던 것이다.

슬플 때 나를 위로하는 건 내 몸이 먼저다
미열이 그 식구이다
섭씨 39도의 편두통은 지금 염료를 섞고 있다
내 발열은 치자꽃대궁 같은 것
치자꽃 노란색 열매는 종일 위염을 생각하고 있다
햇빛의 양철 지붕에 세운 내 미열 학교에서
아픈 위도 명치에서 질문한다
붉은색이 얼마나 필요하냐고
쓰라린 위를 향한 몸의 집착은
슬픔의 입성을 꿰차는 것이다
식구 없는 슬픔도 참조하도록!
자꾸 속삭이는 적나라한 열꽃,
자꾸 넘치는 치자꽃물의 강우량에 물드는 쪽으로
미열은 운동한다
어깨도 등도 치자꽃 가득 핀
슬픔의 악보여

—「슬픔의 식구」 전문

"슬플 때"는 물론 '아플 때'지만, 이 슬픔을 '사랑'이라 번역해도 좋을 것이다. 아픈 몸은 무척 바쁘다. "미열"은 나를 위로하고, 편두통은 염료를 섞고, 위염은 치자꽃을 닮아 있다. 실로 그렇다. 미열은 그 작은 눈금으로 슬픔을 계량해주고, 편두통은 절굿공이처럼 두개골 안쪽을 두드려 염료를 으깨고, 위염이 만들어낸 위액은 치자꽃 열매처럼 고운 노랑이다. 모두가 내 슬픔/아픔에 동참한 식구들이다. 몸의 아픔은 마음의 슬픔(혹은 사랑)의 등가물이다. 여기에 쓰라린 위가 만들어낸 붉은색을 섞자. 그러면 "어깨도 등도 치자꽃 가득 핀 / 슬픔의 악보"가 완성될 것이다. 우리는 유사(流砂)가 만들어낸 모래의 악보(「모래장(葬)」)와 물이 만들어낸 소리의 악보(「소리책(冊)」)를 이미 보았다. 이제는 몸이 만들어낸 슬픔의 악보 차례다. 여기서 몸과 영혼은 이미 서로의 별칭이다. 몸을 당기면 영혼이 딸려오고, 영혼을 만지면 몸이 소리를 낸다. 죽음과 사랑이 만나는 저 슬픔의 자리 역시 그러할 것이다. 그 몸은 레인스틱처럼, "타닥타닥 불타는 소리와 토닥토닥 비"가 서로에게 건네는 "극미립사의 혀"(「비의 악기」)로 이루어져 있다. 그 혀가 내는 소리가 바로 송재학의 시다.

실로 죽음만이 사랑을 품을 자격이 있다. 죽음이 없는 영원은 불모의 다른 이름이다. 그런 영원에서라면 사랑과 미움은 한 대상에 적용되는 무차별적인 원칙이 된다. 아무 상관이 없어서다. 사랑하거나 말거나, 미워하거나 말거나. 유한에 대한 자의식만이 사랑하는 대상을 다른 것들에게서 구별해낼 수 있다. 시인이 낡고 늙고 풍화되고 고장난 것들에서, 예컨대 "연인이 아니라 모자지간"(「가구가 될 수 있었던 나무 스펑」)에서 사랑을 발견하는 것은 죽음을 우회하거나 부정하지 않기 때문이다. 연인의 사랑은 육체를 통해서 하는 사랑이다. 연인의 육체는 영혼을 담는 그릇이다. 연인은 본질적으로 플라톤주의자다. 반면에 어머니의 사랑은 육체 바깥에는 없다. 어머니는 자신을 제공함으로써, 곧 죽어감으로써 사랑을 완성한다. 어머니는 자궁과 젖과 젊음을 아이에게 제공하는데, 그 육체가 곧 어머니의 사랑이다. 어머니는 본질적으로 카니발주의자다(어쩌면 연인에서 모자로의 이러한 변화가 『그가 내 얼굴을 만지네』에서 이번 시집에 이르는 변화라고 말할 수도 있을 것이다).

송재학의 시가 품은 네 가지 죽음의 형식을 말했다. 현전의 존재론으로서의 죽음, 존재 변환의 문턱으로서의 죽음, 문자학으로서의 죽음, 사랑의 방법론으로서의 죽음—이렇게 넷이다. 그것들은 각각 생생지변(生生之變)의 기호, 만상의 물활론, 비문으로서의 시, 몸에 대한 사유를 숨기고 있다. 시인에게서 죽음은 생생한 현전을 보장하는 장치이자, 제물(諸物)들의 생물성을 드러내는 방법이며, 정지로 운동을 대표하는 것이자, 늙음을 역동성의 표현으로 읽는 것이다. 한마디로 말해서 그것은 삶의 다른 표현이다. 그러므로 기원하느니 독자들이여, 이 해설까지 읽으셨다면, 다시 처음으로 돌아가 저 아름다운 시들을 다시 한번 읽어주시기를. 이번에는 '삶과 형식'으로 혹은 '사랑과 형식'으로 저 시들에 대한 독서를 완성하시기를.

송재학 1955년 경북 영천에서 태어나 포항과 금호강 인근에서 유년 시절을 보냈고, 1982년 경북대학교를 졸업한 이래 대구에서 생활하고 있다. 1986년 계간 『세계의 문학』을 통해 등단했으며, 첫 시집 『얼음시집』을 비롯해 『살레시오네 집』 『푸른빛과 싸우다』 『그가 내 얼굴을 만지네』 『기억들』 『진흙얼굴』 등의 시집과 산문집 『풍경의 비밀』을 출간했다.

문학동네시인선 003
내간체(內簡體)를 얻다

1판 1쇄 2011년 1월 20일
1판 4쇄 2024년 6월 5일

지은이 | 송재학
책임편집 | 김민정 편집 | 정세랑 성혜현 김고은
디자인 | 수류산방(樹流山房) 본문 디자인 | 유현아
저작권 | 박지영 형소진 최은진 서연주 오서영
마케팅 | 정민호 서지화 한민아 이민경 안남영 왕지경 정경주 김수인 김혜원 김하연 김예진
브랜딩 | 함유지 함근아 고보미 박민재 김희숙 박다솔 조다현 정승민 배진성
제작 | 강신은 김동욱 이순호
제작처 | 영신사

펴낸곳 | (주)문학동네
펴낸이 | 김소영
출판등록 | 1993년 10월 22일 제2003-000045호
주소 | 10881 경기도 파주시 회동길 210
전자우편 | editor@munhak.com
대표전화 | 031) 955-8888 팩스 | 031) 955-8855
문의전화 | 031) 955-2696(마케팅), 031) 955-2678(편집)
문학동네카페 | http://cafe.naver.com/mhdn
인스타그램 | @munhakdongne 트위터 | @munhakdongne
북클럽문학동네 | http://bookclubmunhak.com

ISBN 978-89-546-1382-8 03810